HEURES·
DE RÉCRÉATION

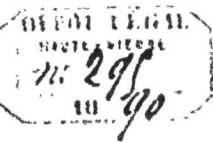
2ᵉ SERIE GRAND IN-8°,

HEURES

DE

RÉCRÉATION

PAR

Mme MÉLANIE WALDOR

LIMOGES
EUGÈNE ARDANT ET Cⁱᵉ, ÉDITEURS.

HEURES
DE RÉCRÉATION

I. — Origine des Colliberts.

On vous a bien souvent, mes petits amis, raconté d'amu-
santes histoires et de beaux contes, sur lesquels vous avez
ou ri ou pleuré, avant de vous inquiéter si ce que vous
lisiez était vrai ou faux. Je ne sais si les petits Colliberts
vous offriront assez d'intérêt, assez de merveilleux pour
espérer de vous un aussi bon accueil.

Pierre et Loubette ne sont point une fiction : ils ont existé,
et leurs aventures sont restées une des traditions du pays
qui les a vus naître. L'intérêt qui peut s'attacher à eux
prend sa source dans la simplicité même de leur histoire.
Je vous la redirai telle qu'elle m'a été contée; mais comme
l'utile doit toujours passer avant l'agréable, je vais commencer par vous expliquer ce que c'était que les Colliberts

L'origine de ce peuple remonte au temps des Gaulois,
cent cinquante ans avant Jésus-Christ; ils possédaient alors
toute la partie du Bas-Poitou, connue à présent sous le nom
de Vendée. On les nommait *Camboleciri*. La chasse, la pêche

et la guerre étaient leurs seules occupations; ils habitaient
des huttes peintes qu'ils transportaient à volonté, comme
l'Arabe du désert transporte la tente sous laquelle il dort.
Ces huttes formaient des villages que l'on n'était jamais sûr
de retrouver le soir à la même place où on les avait vus le
matin. Les Cambolectri avaient un caractère sauvage et
farouche; ils se teignaient les cheveux d'un rouge éclatant,
se peignaient le corps d'une foule de dessins bizarres, et
rendaient à la pluie un culte plus empreint de crainte que
d'amour, car ils la regardaient comme la divinité la plus
dangereuse qu'ils eussent à implorer, et dans le fait la pluie
était pour eux un fléau presque égal à celui de la peste.
Leurs seuls moyens d'existence consistaient dans le poisson
et dans le gibier; la pluie retenait les poissons au fond de
l'eau, où ils restaient alors cachés dans le plus grand calme;
la pluie faisait fuir les oiseaux dans les creux des rochers et
rendait la chasse impraticable.

Lorsque les Romains commencèrent, dans les premiers
temps, à civiliser ce peuple, on vit les huttes disparaître les
unes après les autres, et la terre se couvrir de moissons; une
grande route traversa bientôt des campagnes jusqu'alors
impraticables, et quelques maisons s'élevèrent çà et là
non plus en roseaux et en terre glaise, mais en belles
pierres de taille et en charpente de chêne. Les Romains
entourèrent d'une ligne de forteresses les forêts du Bas-
Poitou, ils y établirent des garnisons; ces forts sont devenus
les petites villes de Mortagne, Gétigné, Légé, Clisson, etc.
Une de ces légions, composée presque entièrement de
Scythes ou Goths, s'empara de toute la rive gauche de la
Sèvre nantaise; elle y fonda plusieurs villes, dont Tiffauges
devint la capitale. Tiffauges, où l'on ne voit à présent que
les ruines d'un magnifique château, vous inspirera un
grand intérêt, quand vous saurez que ce château appar-

tenait à Gilles de Retz, surnommé Barbe-Bleue, ce Barbe-Bleue dont vous avez lu l'effrayante histoire dans les contes de Perrault, et dont vous lirez, quand vous serez grands, l'histoire véritable, bien affreuse, bien épouvantable aussi, mais qui ne ressemble en rien au conte que l'on a fait pour vous, et qui, selon moi, me semble une lecture beaucoup plus effrayante qu'amusante. Barbe-Bleue avait donc un château à Tiffauges; on croit que ce château fut bâti au temps de saint Louis dans le XIII° siècle.

Lorsque les Goths se furent alliés à une grande partie des Cambolectri, ils songèrent, dans le VI° siècle, à se débarrasser de ceux des Cambolectri qui menaient encore au milieu d'eux la vie errante de leurs pères; ils les chassèrent d'une partie de la Vendée appelée aujourd'hui le Bocage, les forcèrent à se replier dans les marais qui bordent l'Océan, et les emprisonnèrent ainsi entre la terre et les flots. Les malheureux Cambolectri comprirent alors qu'il n'y avait plus pour eux d'autre liberté, d'autre asile, d'autre patrie que la mer et ses vagues, moins redoutables à ces hommes non civilisés, que la vie d'esclavage qu'ils laissaient derrière eux.

On donna à ces pauvres exilés le nom de Colliberts, qui signifie *Tête libre*; et, après les avoir chassés de leurs forêts, on leur laissa la liberté d'errer au bord des côtes et dans les marais. Il n'y avait là aucun gibier qui pût les aider à vivre; quelques oiseaux de mer venaient seuls s'abattre sur les côtes, et leur chair était dure et mauvaise au goût; la pêche devint leur unique moyen d'existence: ils faisaient sécher le poisson au soleil et s'en nourrissaient lorsque la pluie les empêchait de s'en procurer d'autres. Ils avaient bâti de nouvelles huttes, mais moins belles et moins commodes que celles qu'on les avait forcés d'abandonner! Repoussés de tous, même de leurs compatriotes, leur caractère, déjà sauvage, devint presque féroce; ils n'avaient pas notre douce et sublime religion pour leur inspirer le pardon des injures, pour leur apprendre à rendre le bien pour le mal ! Ils vécurent donc longtemps farouches et solitaires, se léguant de générations en générations, la haine, la misère et la vengeance. Deux siècles s'écoulèrent ainsi.

Lorsque les Normands ou hommes du nord, firent leur invasion en France, ils remontèrent la Loire, la Sèvre nantaise et la Sèvre niortaise; cette dernière rivière s'étend jusqu'aux marais qui la séparent de l'Océan, et ces marais servaient d'asiles aux Colliberts; ils furent presque tous massacrés impitoyablement. On était alors dans le IXᵉ siècle! Les débris de cette malheureuse peuplade ne trouvèrent d'asile qu'au fond des retraites les plus inabordables et dans le creux des rochers... Le désespoir aigrit encore leur caractère sauvage et ne donna que plus de force à leur farouche indépendance.

Ils vivaient bien misérablement lorsque, plusieurs siècles après, des missionnaires formèrent le projet de pénétrer au milieu de cette colonie errante et dépeuplée. Mal accueillis d'abord, ils appelèrent à leur aide la patience et la charité... Repoussés, menacés sans cesse, ils revinrent toujours, ils prièrent, et se dévouèrent au péril de leur vie à la tâche sublime qu'il s'étaient imposée. On s'accoutuma à les voir, on partagea avec eux, et les creux de rochers, et le poisson que l'on prenait presqu'en tremblant, car les flots au lieu de les garantir, avaient apporté vers eux des bourreaux. Les missionnaires gagnèrent peu à peu leur confiance et lorsqu'ils prêchèrent la parole de Dieu, leur voix trouva le chemin de ces cœurs ulcérés et la foi s'y glissa comme la rosée dans le calice d'une fleur à demi-flétrie. Idolâtres ils s'étaient révoltés; chrétiens ils se soumirent... A dater de ce moment ils vécurent sinon parfaitement heureux, du

moins paisibles, errant toujours auprès des rivages pater-
nels et ne devant qu'à eux-mêmes le soutien d'une existence
tout à fait inconnue aux peuples civilisés... On les oublia !..
ils s'établirent où bon leur plut; ils perdirent peu à peu la
crainte qu'ils avaient des hommes; les missionnaires en
leur enseignant la religion catholique leur avaient enseigné
les avantages réels du commerce, la nécessité de se créer
une existence moins sauvage et moins misérable, ils leur
avaient procuré quelques outils; l'intelligence des Colliberts s'était développée à mesure que leurs âmes s'étaient
élevées vers Dieu. Ils construisirent des bateaux plus grands
et mieux faits que ceux qui avaient été détruits par les
Normands, et se mirent à approvisionner de poissons les
couvents environnants, puis, à mesure que la mer se retira
et laissa quelques terres à découvert, ils s'en emparèrent,
et y bâtirent des huttes semblables à celles de leurs ancêtres. La terre fut ensemencée; des bourgs, des villages de
huttes s'élevèrent; les Colliberts formèrent de nouveau un
petit peuple à part; mais ils ne se teignaient plus les cheveux, ils ne se peignaient plus le corps; de bons vêtements
filés par leurs femmes et leurs filles, couvraient leur nudité,
et ils étaient devenus confiants et hospitaliers. Quelques-uns
d'entre eux, préférant leurs bateaux aux huttes, et la mer
à la terre ferme, ne voulurent pas d'autre asile, et se
vouèrent uniquement à la pêche, et à leur vie primitive,
sans cesser de visiter les habitants des huttes et de vivre
avec eux en bonne intelligence.

II. — L'Orage.

Le brave Emeriau, le père du petit garçon dont je vais vous raconter l'histoire, était propriétaire d'un de ces bateaux; il faisait partie de cette peuplade amphibie qui traînait avec elle sur l'océan sa cabane, sa famille, et tout ce qu'elle possédait. Ce fut dans la case étroite, élevée à l'extrémité de cette barque, que Pierre vint au monde: lorsqu'il put marcher, il s'aventura de la case au bateau et le parcourut dans toute sa longueur. C'était à la fois sa maison, sa promenade, son univers; il n'imaginait rien au-delà de la mer; le ciel et les nuages étaient constamment l'objet de sa curieuse admiration; il se couchait dans la barque et là, le nez au vent, les yeux attachés sur les nuages aux mille palais fantastiques, il s'amusait à les voir courir poussés par le vent, à se former, à s'évanouir, à se revêtir des couleurs les plus belles et les plus variées. Pierre avait trois ans alors; et comme on lui avait dit qu'il ne fallait point sauter hors de la barque s'il ne voulait pas mourir, et que Pierre était obéissant, il ne se penchait jamais sur les bords, et jouait avec les filets de son père. L'enfant avait cinq ans, lorsque pour la première fois sa mère le conduisit chez un habitant des huttes du marais; c'était son oncle. Sa femme berçait dans ses bras une jolie petite fille de deux ans; on allait la baptiser, et Pierre avait été amené dans la hutte pour y être baptisé en même temps.

Les deux enfants reçurent les noms de Pierre et de Loubelle; un repas moins frugal que de coutume succéda à cette touchante cérémonie, et quand vint le soir, les deux familles se séparèrent en se promettant de se revoir.

La hutte faite de murailles de terre glaise et de mottes d'herbes séchées au soleil, était pour le petit Pierre un continuel sujet de surprise et d'admiration, et durant tout le chemin, il accabla ses parents de questions. Mais lorsqu'il revint au bateau et que son père lui présenta une petite rame en disant :

— Tu as cinq ans, Pierre, et te voilà un homme puisque tu viens de recevoir le baptême; il te faut commencer à travailler, mon fils.

L'enfant répondit en souriant :

— Oui, père. Et soulevant péniblement sa petite rame, il la plongea dans la mer avec un grand air de triomphe ; son père et sa mère applaudirent à ses efforts, et il oublia tout à fait la belle hutte de son oncle pour se livrer à cette nouvelle occupation. Lorsque son père l'emmenait dans son batelet, il ne manquait jamais de faire avec sa rame les mêmes mouvements qu'il voyait faire à son père et il s'écriait joyeux et fier :

— Le bateau marche, père, je fais marcher le bateau.

Ce qui n'était qu'un jeu, devint avec les années une réalité. Pierre n'avait que huit ans et déjà il connaissait l'heure de la marée, la direction du vent, savait faire manœuvrer le batelet attaché au bateau de son père et pouvait indiquer chaque place où se trouvait un écueil. Intrépide, leste et adroit, il aidait son père chaque jour davantage.

On était en hiver, l'enfant avait dix ans, la mer se soulevait orageuse et blanchâtre, le vent grondait au loin, les nuages s'abaissaient, et les oiseaux rasaient les vagues ; ils étendaient sur la mer en furie leurs ailes légères comme pour jouer avec les flocons mousseux qui s'élançaient autour d'eux : la mer était déserte et l'on ne voyait sur les côtes que les bateaux des Colliberts. Tout faisait pressentir une affreuse tempête et le tonnerre grondait avec fracas.

Le bateau d'Emeriau était à l'abri du vent du nord. On avait étendu la voile devant la porte de la cabane pour empêcher le froid de parvenir à l'intérieur ; il était quatre heures du soir, Emeriau fumait tranquillement assis auprès d'un bon feu de mottes ; sa femme préparait le souper, et Pierre faisait du filet en chantant à mi-voix une chanson du Poitou.

— Silence, enfant, s'écria tout à coup le père, et jetant brusquement sa pipe, il s'élança hors de la cabane ; un coup de vent venait de faire craquer et pencher le bateau... La mère et l'enfant étaient immobiles d'effroi...

— Pierre, Pierre ! à moi, garçon ! à moi, vite, vite !...

Le son de la voix du père fit tressaillir l'enfant, il courut sur l'avant du bateau...

— A l'eau, vite à l'eau ! répétait le pêcheur en étendant les bras ; vois-tu là-bas ce batelet renversé, qui flotte sur le flanc droit du côté du rivage ? nage vers lui, pousse-le à terre... et que Dieu nous soit en aide.

Achevant d'ôter sa veste, il s'élance à ces mots ; Pierre saute après lui, repousse de la faible force de ses petits bras les vastes lames d'eau qui viennent de moment en moment se briser sur son corps frêle, mais souple et plein de cette agilité qui ne redoute rien, et se fait presqu'un jeu de lutter contre le danger : il vient d'atteindre la nacelle ; il la pousse devant lui, et bientôt il sent la terre sous ses pieds ; alors il se dresse de toute sa hauteur, retourne le petit bateau, monte dedans, et touche au rivage à l'instant où son père y arrive traînant après lui l'homme que le vent venait de renverser de l'esquif dans les flots.

— Courage, enfant; cria Emeriau à son fils; amarre le
batelet et viens m'aider à porter ce monsieur, car c'est un
monsieur, il a de beaux habits ; ça ne l'eût pas empêché
de mourir, ajouta-t-il en tordant les manches de sa grosse
chemise de toile, dont l'eau s'échappait par torrents; un
riche se noie et meurt aussi vite qu'un pauvre, et souvent
plus vite. Allons, mon garçon, prend ce monsieur par les
pieds, car il est sans connaissance.

— Ils le mirent dans le batelet, ramèrent longtemps,
tantôt avec force, tantôt avec adresse et arrivèrent enfin
au bateau d'Emeriau. On alluma un grand feu et on parvint à force de soins à ranimer l'étranger, qui après avoir
quitté ses vêtements mouillés, pour se revêtir d'un habillement qu'Emeriau ne mettait qu'aux jours de fête, prit place
à la table de ses hôtes eu leur exprimant sa vive reconnaissance.

Le calme et la joie avaient remplacé l'effroi et le bruit
de la tempête; et comme le repas frugal, composé de poissons secs, de lard et de fromage, s'achevait, et qu'il était
déjà tard, l'étranger se leva, prit la main d'Emeriau, celle
du petit Pierre, et, les pressant sur son cœur, il s'exprima
ainsi :

— Je retourne à la ville voisine; je n'ai sur moi qu'un
peu d'or; prenez-le, et demain je reviendrai : je vous dois
tout, je ne l'oublierai jamais!

Emeriau repoussa l'or d'une main, tandis que de l'autre il
reprit froidement sa pipe et s'apprêta à fumer.

— Gardez votre or, dit-il; qu'en ferais-je? croyez-vous
que c'est pour lui que j'ai risqué ma vie, celle de mon
enfant? non, n'est-ce pas? eh bien! c'est dit; gardez-le,
n'en parlez jamais, et revenez nous voir quand bon vous
plaira.

L'étranger pressa plus fortement la main d'Emeriau, une

larme s'échappa de ses yeux, il prit le petit Pierre dans ses bras et l'embrassa; l'enfant, quelque craintif qu'il fût, lui sourit, il se sentait heureux et fier; et lorsque le monsieur l'eut remis à terre, il promena autour de lui un regard plein de joie et de triomphe.

L'étranger n'avait qu'un très-petit bras d'eau à traverser pour arriver à la ville voisine. La famille du pêcheur l'accompagna jusqu'à son batelet, et lorsqu'il fendit les flots, devenus calmes et unis comme l'onde du ruisseau le plus limpide, ils le suivirent des yeux jusqu'à l'autre rive, le cœur plein de ce profond intérêt qui s'attache toujours à l'être que l'on vient de sauver.

—Pierre! cria l'étranger en descendant à terre, et repoussant son petit canot vers le bateau du pêcheur, garde-le, tu me feras plaisir; il est à toi.

Pierre sauta de joie; le courant entraînait de son côté le petit batelet; il acheva de l'attirer à lui, puis il alla se coucher.

J'ai aidé à sauver un homme, pensait-il en s'endormant; j'ai fait une bonne action; je ne suis plus un être inutile, ne sachant que jouer ou que pleurer, et j'ai un bateau!

III. — Un bienfait n'est jamais perdu.

Le lendemain de ce jour, le premier qui marqua sa vie, Pierre se jeta dans son batelet et se mit à l'examiner de tous les côtés... mais que l'on juge de sa surprise lorsqu'en soulevant une natte de paille, il aperçut un petit baril de poudre, une belle carnassière, un sac de plomb et un charmant

petit fusil de chasse, auquel un papier était attaché. Pierre
ne savait pas lire ; il appela son père, qui, avec bien de la
peine, parvint à épeler ces mots : *La Providence envoie ceci
à Pierre, parce qu'il a fait hier une bonne action.*

Emeriau croisa les bras, ses sourcils noirs et épais se
froncèrent ; mais il ne dit rien, et Pierre courut tout joyeux
raconter à sa mère que le Ciel venait de lui faire don d'un
beau fusil et d'une carnassière plus jolie que toutes celles
qu'il avait vues jusqu'alors. Il chargea son fusil, et passa la
journée à conduire son petit canot et à tirer les oiseaux de
mer qu'il voyait voler à peu de distance. Il styla une petite
chienne nommée Bianca, à lui rapporter le gibier qui tom-
bait sur le rivage ou sur les bords de la mer, et il devint
bientôt aussi habile à la chasse qu'à la pêche.

Un an après, Pierre aperçut, en sautant un matin dans
son canot, un paquet assez volumineux : Oh ! c'est pour moi !
s'écria-t-il en saisissant un papier où il épela cette fois lui-
même : *La Providence veille sur Pierre.* Le paquet contenait
un habillement complet de matelot. Pierre sauta de joie et
courut au bateau ; sa mère l'aida à s'habiller, et le trouva
si beau, qu'elle pria en grâce son mari d'aller passer les
fêtes de Pâques chez le père de Loubette.

Le bateau d'Emeriau était alors mouillé près des marais ;
il y consentit ; peut-être partageait-il aussi l'orgueil de sa
femme, et était-il bien aise de montrer à son frère la force
et la grâce de son fils. On nous croit des sauvages sans
tournure et sans manières, pensait-il ; on verra si les flots,
le travail et la solitude ont fait de Pierre une brute !

Les fêtes de Pâques arrivèrent ; Emeriau, suivi de sa
famille, fit prendre à son bateau le chemin qui conduisait
aux marais, et au bout de quelques heures il fut à la porte
de son frère. Une petite fille de huit à neuf ans était assise
sur le seuil, elle filait ; c'était Loubette ! La joie fut grande

dans la hutte, et le festin du soir, riche de poissons et de gibier, se passa au milieu de cette gaieté franche et communicative que le travail et le contentement de soi-même savent seuls donner.

Les deux enfants s'examinaient de la tête aux pieds; timides et muets d'abord, ils s'étaient rapprochés l'un de l'autre, avaient échangé un regard bienveillant, et lorsque vint l'heure de se livrer au sommeil, leurs petites mains s'étaient jointes, ils causaient! Pierre et Loubette s'embrassèrent et se promirent pour le lendemain une journée de plaisir.

Loubette possédait cette grâce enfantine que la nature donne et que l'art ôte presque toujours; elle ne s'occupait qu'à aider sa mère dans les soins du ménage, et n'avait jamais songé à la différence qu'il y a, entre la laideur et la beauté. Sa toilette était toujours propre; elle ne se tachait pas, ne se déchirait pas, comme faisaient la plupart de ses petites voisines, et il régnait dans toute sa personne un air d'ordre et de douce gaieté qui faisait que chacun l'aimait, et que toutes les mères l'offraient pour exemple à leurs filles.

— As-tu vu comme Loubette est gentille! disait Pierre le lendemain à sa mère, occupée à lui nouer autour de la taille une large ceinture de laine rouge; son joli costume ressemble par les couleurs, au plumage si varié des beaux oiseaux que j'abats sur la côte!

Sa mère sourit, lui donna une tape sur la joue, et, le regardant avec un orgueilleux amour, elle dit :

— Et toi aussi, mon garçon, tu es gentil et tu as de beaux habits, comme Loubette.

— Allons, allons! interrompit le père qui fumait dans un coin, ce sont-là de ces choses qu'on ne dit pas à un homme, quelque enfant qu'il soit encore. Qu'est-ce que c'est que d'être beau ? à quoi ça mène-t-il ? Je fais moins de cas de ça que de la fumée qui sort de ma pipe. Loubette est une poupée que sa mère adonise de son mieux ; je n'y trouve pas à redire ; l'enfant est laborieuse, propre, obéissante, et puis c'est une fille ; mais dame ! qu'on me laisse mon garçon ce qu'il est, et qu'on ne s'occupe pas de sa toilette et de son visage ; comme si, de retour au bateau, il allait pouvoir s'asseoir à mes côtés et me regarder travailler les bras croisés.

Pierre fit un saut vers son père, et, jetant ses bras autour de son cou, il lui dit :

— Sois tranquille, je fumerai et je travaillerai tout comme toi, car je veux être un homme ; mais cela n'empêchera pas que j'aime les beaux habits et que je trouve Loubette gentille.

A son tour, le père sourit, Pierre ne pensait guère à l'avenir ; l'avenir était pour lui le soir de la journée ou le matin du lendemain ; sa pensée n'allait pas au-delà. Il courut trouver Loubette et l'emporta suspendue à son cou : Loubette était aussi petite et aussi délicate que Pierre était grand et fort. Il se rendit avec elle dans son jolie petit batelet, et promena longtemps la jeune enfant sur les canaux qui coupaient alors les marais nouvellement formés par la retraite des eaux de la mer. Loubette riait et babillait de tout ce qu'elle voyait ; sa petite figure rose et éveillée faisait ressortir les beaux traits mâles et graves de son jeune cousin. Tout à coup Pierre saisit son fusil, il a vu une sarcelle raser la mer ; il l'ajuste, il suit ses mouvements... ; son fusil s'élève et se baisse deux fois en une minute ; Bianca est à ses côtés, l'oreille dressée, le nez au vent. Le coup part ! elle tressaille au bruit de l'explosion et, prompte comme l'éclair, elle s'élance à la nage.

— O pauvre petit animal ! dit Loubette en voyant sauter

2

Bianca dans le bateau et laisser tomber au pied de son maître la sarcelle ensanglantée, mais dont les ailes s'agitaient encore dans une douloureuse agonie, oh! comme il souffre, comme il s'agite!

Et Loubette se mit à pleurer; alors Pierre, le cœur gros, cacha vite l'oiseau au fond de sa carnassière, et se rapprochant de sa cousine, qu'il aimait comme une sœur et qu'il appelait souvent ainsi, il lui demanda pardon du chagrin qu'il venait de lui causer.

— Chère Loubette, lui dit-il, elle est morte à présent, elle ne souffre plus; tiens, regarde, ajouta-t-il.

Loubette leva ses yeux pleins de larmes, et, ne voyant plus la sarcelle, elle essuya ses pleurs et sourit à Pierre.

Le bateau voguait lentement. Bianca s'était couchée haletante aux pieds des deux enfants; le soleil écartait loin de ses beaux rayons d'or les nuages grisâtres qui s'amoncèlent presque toujours sur le ciel de la Bretagne; la soirée était calme et majestueuse; des oiseaux chantaient dans les touffes d'arbres épars au bord des marais; l'onde n'avait pas une ride; la barque glissait moelleuse et silencieuse, et l'âme des deux enfants s'élevait vers le créateur de toutes choses; leur prière muette, solitaire, ignorée d'eux-mêmes, faisait battre leur cœur d'un saint enthousiasme. Pierre songeait aux cadeaux qu'il avait reçus; la joie la plus pure brillait dans ses yeux:

— Dieu veille sur moi, Loubette! s'écria-t-il. Tu vois ce bateau, mes armes et mes vêtements! Eh bien! Dieu m'a envoyé tout cela; prions-le de veiller aussi sur toi, Loubette.

Les deux enfants s'agenouillèrent, et joignant leurs petites mains avec une ferveur qui leur avait été inconnue jusqu'alors, ils demandèrent à Dieu de prendre soin des petits Colliberts et de ne jamais les séparer; puis, le sourire sur le lèvres et des larmes dans les yeux, ils sautèrent sur le rivage, où le bateau venait de toucher, et en peu de moments ils furent de retour à la hutte.

Plusieurs jours s'écoulèrent, jours de paix et de bonheur, qui laissèrent dans le cœur de Pierre et de Loubette une trace ineffaçable. Ce que l'un voulait, il était bien rare que l'autre ne le voulût pas. Jamais de mots aigres, jamais de bouderies entre eux. Loubette était douce et prévenante; Pierre, qui n'avait d'autre défaut que celui d'être emporté, réprimait la vivacité de son caractère et était toujours prêt à sacrifier ses goûts à ceux de Loubette. Il lui demandait chaque matin :

—Que veux-tu faire aujourd'hui, petite sœur? et il ne la contredisait jamais.

— C'est une enfant, disait-il souvent à son père, elle est bien plus jeune que moi ; je dois donc la protéger et la rendre heureuse dans tout ce qu'elle désire.

— Si je te laissais ici longtemps, lui répondait alors son père, tu deviendrais aussi doux, aussi poli que les messieurs des villes : ce n'est pas cela qu'il me faut dans notre bateau. J'ai besoin d'un bon travailleur, et j'ai peur que tu ne prennes ici l'habitude de la fainéantise.

Pierre sentait au fond du cœur que son père avait raison, et qu'il aurait peut-être de la peine à se remettre au travail et à se trouver parfaitement heureux dans son bateau solitaire.

— Nos enfants seront le soutien de notre vieillesse, disait l'oncle en regardant Pierre et Loubette marcher l'un près de l'autre, se tenant par la main.

— Il en sera ce que Dieu voudra, répétait Émeriau en tapant sur l'épaule de son frère ; mais nous avons du temps devant nous, et il y aura bien du poisson de séché au soleil, d'ici là.

IV. — Loubette pleure

Il fallut se quitter, les fêtes étaient finies; Emeriau se
rembarqua et longea la côte des Sables-d'Olonne, avec sa
femme et son fils. Ils firent une pêche abondante, et entrèrent dans Olonne. Pierre n'avait jamais vu de ville, mais il
passa bientôt de l'admiration à la compassion.

— Que je plains les habitants! disait-il à son père; ils ne
peuvent transporter ces lourdes maisons nulle part avec
eux; il faut, ou qu'ils y restent toujours, ou qu'ils laissent
derrière eux leurs amis, leurs parents : comme ils doivent
souffrir de l'absence! Je ne donnerais pas la hutte de mon
oncle ou la cabane de notre bateau pour la plus belle de ces
maisons.

Émeriau serra fortement la main de son fils; un sourire
plein de joie et d'orgueil anima son rude visage, et il jeta
sur Pierre un regard qui semblait dire :

— Tu es digne d'être mon fils.

Lorsque le poisson fut vendu et que le bateau, mobile et
seule patrie du Collibert, eut mouillé dans ses parages
accoutumés, Pierre, au lieu de se livrer à la paresse, comme
beaucoup d'enfants auraient cherché à le faire, sentit qu'il
devait réparer le temps perdu, et, à la grande satisfaction
de son père, il recommença à s'occuper de la pêche et de
la chasse avec plus d'ardeur que jamais. Quelquefois il lui
arrivait de tressaillir en voyant tomber à ses pieds un
oiseau dont les ailes en s'agitant venaient lui rappeler la
sarcelle qu'il avait tuée en se promenant avec Loubette, et

ce souvenir mouillait toujours ses yeux de larmes; ce n'était pas qu'il fût sensible à la mort d'un oiseau ou d'un poisson; il n'était pas cruel, il ne jouait jamais avec leurs douleurs, mais il était habitué depuis sa plus jeune enfance à tuer ces animaux pour en faire sa nourriture et celle de ses parents.

Il s'attendrissait donc en se rappelant les larmes de sa cousine et les jours heureux qu'il avait passés près d'elle; puis il se demandait si Loubette, de son côté, pensait à lui.

Trois années s'écoulèrent ainsi; chacune d'elles ramena, aux fêtes de Pâques, un nouveau présent, et le mystérieux papier l'accompagnait. Lorsque les deux enfants étaient réunis, au grand étonnement de Pierre, il découvrait que Loubette recevait comme lui un présent sur lequel un papier était aussi attaché; on y lisait toujours ces mots : *Dieu veille sur les petits Colliberts.*

— C'est la même écriture! s'écriait Pierre en les comparant; ô Loubette! notre prière a été exaucée, Dieu veille sur nous!

Pierre avait quatorze ans, Loubette en avait onze; tous deux savaient lire, mais leur science n'allait pas plus loin.

Une nuit, on était en septembre, la pêche venait d'être abondante, et Pierre, assis à l'extrémité du bateau, se laissait aller à une de ces douces rêveries où le passé, le présent et l'avenir se confondent en de vagues pensées; son regard fixe et contemplatif suivait au ciel les milliers d'étoiles qui y apparaissaient pâles et presque imperceptibles; un vent tiède ridait l'eau et soulevait les longs cheveux noirs du jeune pêcheur. Fatigués du travail de la journée, son père et sa mère dormaient; le plus profond silence régnait autour de lui.

— Que le ciel est beau! murmura-t-il en croisant ses bras; que l'on doit être heureux derrière ces nuages d'or

et que Dieu est bon de nous garder le ciel pour nous empêcher de regretter toutes les belles choses qui nous entourent! Oh! oui, Dieu est toute bonté ; ma mère et Loubette
ont bien raison de me le répéter sans cesse.

Le bruit que fit alors une barque glissant tout près de lui,
attira son attention. Bianca s'était levée; elle aboyait. La
nuit trop noire empêchait de distinguer autre chose que le
ciel et la mer. Le bruit cessa.

Pierre allait se retirer dans la cabane lorsque le vent qui
s'élevait lui apporta ces mots, comme venant de l'autre
côté du rivage : *Loubette pleure!* et soit que la même voix
répétât les mêmes mots, soit que l'esprit frappé de Pierre
crût les entendre encore, il lui sembla que tout ce qui l'entourait prenait une voix pour lui crier : *Loubette pleure.*

Réveillant aussitôt ses parents, il leur raconte ce qu'il
vient d'entendre, et les conjure de lui permettre de se
rendre à la hutte de son oncle, leur promettant d'être de
retour le lendemain. Il obtient enfin la permission de partir;
il saisit son fusil, appelle Bianca, s'élance dans sa petite
barque, détache les rames et s'assied. Bianca se couche aux
pieds de son jeune maître, et, la tête sur les deux pattes,
elle s'endort. Tout à coup la lune laisse tomber un de ses
rayons sur le canot que Pierre fait avancer à force de rames;
il aperçoit auprès de lui sur la banquette, un gros sac; il
veut s'en saisir, le sac échappe presque à sa main, et un
bruit argentin se fait entendre. Qu'on juge de la surprise de
Pierre! Il ouvre le sac et des pièces d'argent s'offrent à ses
regards. Remerciant le ciel, et animé d'un nouveau courage, il continue sa route : quatre lieues lui restent à faire;
le froid de la nuit perce ses vêtements, et engourdit ses
mains; mais il rame, il rame toujours; le désir de secourir
son oncle et sa cousine lui donne des forces, et ces mots
Loubette pleure! retentissent sans cesse à ses oreilles.

Le jour commençait à peine lorsque la barque touche le rivage; il saute à terre et se dirige en courant du côté de la hutte. Tout était silencieux; Pierre s'assit et fit signe à Bianca de se coucher à ses pieds. Bianca obéit en silence et en remuant sa queue pour exprimer la joie qu'elle éprouvait à revoir la hutte hospitalière, où il y avait toujours pour elle de bons os et de douces caresses. Pierre, excédé de fatigue et le cœur plein d'inquiétude, laissa tomber sa tête dans ses mains.

— Ils dorment, pensait-il, pourquoi les éveiller? attendons un moment. On dit que l'argent console de bien des peines, j'ai là plus d'argent que mon oncle n'en a peut-être jamais vu!

Cette réflexion rendit à Pierre tout son courage, et il se laissa aller à l'espoir le plus doux qui puisse se glisser dans un bon cœur, celui d'être utile à ses semblables, et de placer son bonheur dans le bonheur des autres. A mesure que Pierre disait: « Je vais sécher leurs larmes, s'ils ont du chagrin », Pierre trouvait que l'on tardait bien à ouvrir... et que le soleil était plus lent que de coutume à se lever. Il hésitait s'il frapperait à la porte de la hutte, et, dans son impatience, il ne cherchait plus à maîtriser celle de Bianca, qui s'exprimait par des bonds et des cabrioles! Enfin le soleil parut avec son cortège de rayons si brillants que l'œil ne pouvait en supporter la vue. Pierre se leva, et comme il allait frapper à la porte, Loubette l'ouvrit; tous deux firent un cri de joie et de surprise.

— O Loubette, tu as pleuré, s'écria Pierre en remarquant les yeux rouges de sa petite cousine, et tu pleures encore, ajouta-t-il en lui voyant essuyer ses yeux avec le coin de son tablier de coton rouge.

— Je suis pourtant bien contente de te voir, mon cousin, reprit-elle en souriant; mais j'ai du chagrin, j'ai pleuré

toute la nuit avec mon père et ma mère; je ne me suis
endormie que bien tard, voilà pourquoi tu n'as pas trouvé
la hutte ouverte; mon père et ma mère ne font que de
s'éveiller... Mais qu'est-ce donc que tu tiens de si lourd à la
main?

Et Loubette voulut soulever le sac.

— O ciel! s'écria-t-elle, on dirait que c'est de l'argent.

— Eh, oui, Loubette, c'est de l'argent, et beaucoup
d'argent, répéta Pierre, se redressant avec orgueil; il est
tout pour ton père, ajouta-t-il en se baissant vers elle et en
l'embrassant : c'est à la Providence que nous le devons,
c'est elle qui m'a appris que tu pleurais et qui m'a donné
cet argent; je puis bien t'assurer que celui-là nous tombe
du ciel.

— O mon père! ma mère! venez vite, bien vite! cria
Loubette en rentrant dans la hutte, nous sommes sauvés;
voilà Pierre, voilà mon cousin, il apporte de quoi tout
payer!

— Qu'est-ce que tu dis donc là? ma pauvre enfant, répond
le père en venant à elle les joues pâles et le front abattu...
Eh! oui, c'est Pierre! Eh! bonjour, mon garçon; qui
t'amène ici? par quel hasard viens-tu nous trouver à l'époque
de l'année où ton père ne te laisse jamais t'absenter?

— Ce n'est pas le hasard, mon oncle.

Et Pierre posa le sac d'argent sur les bras du pauvre
laboureur.

La joie fut si grande dans la hutte qu'on ne s'entendait
plus; les pleurs se mêlaient aux rires et aux actions de
grâces, et ce ne fut que longtemps après que Pierre put
apprendre le malheur dont le père de Loubette était
menacé.

La récolte avait été submergée; la grêle venait de rava-
ger le peu qui restait, et le père de Loubette se trouvait

dans l'impossibilité de rien vendre pour payer le maître de sa ferme. Cet homme dur et avare s'était refusé à tout arrangement, et il avait envoyé un huissier saisir l'humble mobilier de la hutte, il allait être vendu. Plus la douleur de cette pauvre famille avait été grande, plus sa joie devint vive. Mais lorsque ce premier moment de bonheur fut passé, et que Pierre eut raconté comment ce secours lui était tombé du ciel, le père de Loubette hocha la tête et dit :

— Il y a là-dessous quelque mystère ; allons consulter M. le curé ; je ne puis me servir de cet argent avant de savoir s'il ne sera pas un jour réclamé.

V. — Les fêtes de Noël.

Lorsque le père de Loubette eut expliqué à son curé comment Pierre avait trouvé tout à coup le sac d'argent sur la banquette de son canot, le curé lui répondit en souriant :

— Dieu a voulu vous sauver, bénissez Dieu, mon fils, et profitez de ses bienfaits.

Le père de Loubette remercia le curé, rendit grâce à la Providence, et courut payer sa dette.

Pierre, fidèle à sa promesse, s'arracha des bras de sa tante et de son oncle ; il promit de revenir avec son père aux fêtes de Noël, ainsi qu'il avait coutume de faire depuis deux ans, et dirigea son canot vers le bateau paternel.

La joie la plus douce remplissait son cœur ; il revint en riant et en chantant tour à tour :

—Que Dieu soit béni! répétait-il souvent; j'ai sauvé mon oncle et ma tante; j'ai changé leurs larmes en joie, et je laisse Loubette aussi joyeuse que je l'avais trouvée triste.

Pierre raconta à son père tout ce qui était arrivé dans la hutte. Le brave Émeriau le pressa dans ses bras, et loua son courage et son bon cœur. Il n'y a rien qui puisse rendre aussi heureux que les louanges qu'on reçoit de ses parents ou de ses maîtres; Pierre passa des bras de son père, dans ceux de sa mère, et durant bien des jours sa physionomie exprima la plus douce gaieté et le plus grand contentement de lui-même.

Les fêtes de Noël arrivèrent. Pierre se mit à fourbir son fusil, à nettoyer sa carnassière, et il revêtit ses plus beaux habits: mais le jour où l'on avait coutume de partir s'écoula plus d'à moitié sans qu'il vit faire à ses parents le moindre préparatif de départ.

—Chère mère, se hasarda-t-il à dire, la journée est bien avancée, ne pourriez-vous presser mon père, nous n'arriverons que dans la nuit.

Mais sa mère, sans lui répondre, se détourna et feignit de remettre du bois au feu. Pierre se retira en silence; il fut s'asseoir sur l'arrière du bateau, et se creusa la tête pour savoir ce qui avait pu empêcher son père de partir. Il se rappela que tout le jour sa mère avait paru triste, et que son père avait évité de lui parler.

—Qu'est-ce qui se passe donc? pensait Pierre, quelque malheur nous menacerait-il? Pourquoi alors m'en faire un mystère? je suis presque un homme à présent!

Et voyant son père occupé à retirer ses filets, où se débattaient d'énormes poissons, il quitta sa place et d'un bond fut auprès de lui.

— Aide-moi, lui dit son père; la pêche est plus abondante que je ne l'aurais cru.

— Est-ce pour la pêche que vous êtes resté, mon père? dit Pierre en s'empressant à retirer les poissons et à les jeter dans le fond du bateau. Émeriau ne répondit pas à son fils. Le soleil se coucha, et la famille rentra dans la cabane. On se mit à table pour souper; Pierre avait le cœur gros, il ne mangea presque pas.

— Qu'est-ce que cela signifie? dit Émeriau en lui frappant sur l'épaule, l'appétit ne va pas, et l'on dirait que tu as la larme à l'œil : fi ! mon garçon, cela ne convient pas à un homme; il faut rire, travailler et manger, je ne connais que cela !

— D'où vient, mon père, interrompit Pierre en s'enhardissant peu à peu, d'où vient que nous ne sommes pas partis ce matin comme de coutume pour aller voir mon oncle?

— Il paraît que cela t'occupe bien, mon garçon, car voici la deuxième fois que tu me fais cette question.

— Je vois bien, reprit Pierre, qu'il y a quelque empêchement qu'on ne veut pas me dire.

— Et si cela était, interrompit son père, tu commettrais une faute en nous questionnant; il me semble que tu dois savoir que nous avons plus d'expérience et plus de raison que toi.

— Oui, mon père, répondit Pierre, ce que vous faites est toujours bien fait. Si je me suis permis cette question, ajouta-t-il, c'est que j'espérais que je n'étais plus un enfant, et que vous aviez confiance en moi.

Une grosse larme brilla alors au bord d'une des paupières du bon petit jeune homme; et comme il faisait de grands efforts pour qu'elle ne vînt pas à tomber, son père en eut

pitié, et jetant un regard à sa femme, qui paraissait aussi
sur le point de pleurer :

— Allons, enfant, allons, femme, qu'est-ce donc que cela
veut dire? ne croirait-on pas, à voir vos figures renversées,
que le bateau va couler à fond, ou que la rivière n'aura plus
de poissons? Allons, allons, j'aime qu'on n'ait pas de souci.
Ta main, mon garçon; je n'ai pas de secret pour toi; tu
sauras demain pourquoi nous ne sommes pas allés chez ton
oncle; et d'abord je puis te dire aujourd'hui une de nos
raisons, c'est que nous attendons ton oncle demain.

— Mon oncle! répéta Pierre, tout surpris de cette nouvelle, car son oncle n'était jamais venu les voir; et viendra-
t-il seul, ou avec Loubette? ajouta-t-il aussitôt.

— Il viendra seul.

Pierre fit la moue; il n'était pas content, il estropia un
beau panier d'osier qu'il voulut achever durant la veillée,
et quand vint l'heure de se coucher, il s'étendit sur son lit
d'herbes sèches et de roseaux sans pouvoir s'endormir...

— Mon oncle viendra et il viendra seul!

Cette pensée, qu'il retournait de cent façons, ne s'éloignait
que pour faire place à celle-ci :

— Tu sauras demain pourquoi nous ne sommes pas allés
chez ton oncle. Il y avait donc une autre raison; quelle
pouvait être cette raison?

Voilà ce que Pierre se demanda une grande partie de la
nuit. Enfin il s'endormit (à son âge le sommeil est toujours
le plus fort), et lorsqu'il s'éveilla il était grand jour.

Il se leva en toute hâte, mais ce qu'il fit se ressentit de
sa mauvaise humeur : il jeta mal ses filets, il ne put atteindre au vol aucun des oiseaux qu'il abattait ordinairement
du premier coup, et il passa une grosse heure à regarder
les nuages courir et les vagues s'élever; car les vagues et
les nuages étaient les seuls objets de distraction qu'il eût

autour de lui. L'enfance de Pierre s'était passée dans le travail; il n'avait jamais connu ce qu'on appelle les heures de récréation, il ne s'était jamais amusé avec un joujou : les toupies, les cerceaux, les quilles, les cerfs-volants, les tambours, les ballons, les chevaux de bois, tout cela lui était inconnu. Et maintenant qu'il entrait dans l'adolescence, car il était dans sa quinzième année, i. n'avait d'autre livre pour se distraire qu'un livre de prières, et il les savait toutes par cœur, à force de les avoir épelées avant de pouvoir les lire couramment.

Il était plus de midi lorsque l'oncle arriva; il s'enferma avec Émeriau et sa femme; et Pierre, inquiet sans trop savoir pourquoi, s'assit à l'autre bout du bateau.

VI. — Le Départ.

Peu à peu la voix d'Émeriau s'éleva et laissa échapper le nom de Pierre; l'enfant saisit différentes phrases sans suite, dont le vent lui apportait des mots brisés.

— On parle de moi, pensait-il en prêtant l'oreille; puis il s'éloignait, car il savait qu'il est mal d'écouter; et, pour se distraire, il essayait de jeter ses filets; mais il revenait malgré lui vers la cabane, où les voix se faisaient de plus en plus entendre... Enfin elle s'ouvrit, Émeriau en sortit; il alla droit à son fils, et, lui secouant fortement la main, il dit :

— Il faut que tu nous quittes, mon enfant.

Une larme brilla dans les yeux du père, la première que Pierre eût encore aperçue. Pierre tressaillit et le regarda.

— Nous allons nous séparer, mon fils!

Ces paroles tombèrent comme du plomb sur le cœur du jeune homme, qui répéta machinalement :

— Nous séparer, mon père!

— Oui, reprit Émeriau, Dieu et les hommes le veulent ainsi ; je dois t'élever pour eux, plus encore que pour moi. L'amour d'un père se compose de sacrifices : j'accomplirai celui-ci ; tu vas partir, mon ami ; tu vas connaître le monde et ses plaisirs factices ; tu vas apprendre l'art difficile de t'y bien gouverner : c'est une autre manœuvre que celle de notre bateau ; mais Dieu te sera en aide et t'empêchera de te briser aux écueils. Tu verras les hommes, la société, tu apprendras les sciences : on dit que cela vaut une fortune, et que la fortune rend heureux. Je ne désire qu'une chose, mon garçon, c'est ton bonheur!...

Et comme Pierre essuyait une larme, son père ajouta :

— Il y a plus de quatorze ans que tu vis heureux avec nous ; notre bateau a vu tes premiers pas, a entendu tes premiers mots ; tous tes souvenirs sont ici ; ton cœur est pur et confiant, tu aimes Dieu et tes parents, le monde sera sans danger pour toi, tu n'y oublieras jamais le toit paternel! Si Dieu t'appelle à être autre chose qu'un simple pêcheur, que sa volonté soit faite! Mais si tu préférais notre humble pauvreté aux richesses que l'on va chercher dans les villes, reviens, oh! reviens dans nos bras! tes filets et ton fusil sont de vieux amis qui ne te feront jamais faute... J'ai eu de la peine à décider ta mère, mais ton oncle l'a emporté ; il lui a prouvé que nous étions coupables de te laisser dans l'ignorance. Et d'ailleurs, mon ami, ajouta le bon père en lui donnant une douce tape sur la joue, tu ne seras pas loin de nous ; ton oncle t'emmène aux Marais, et tu habiteras chez ce bon curé, qu'il alla consulter avec toi au sujet de ce, sac d'argent. Ce vénérable vieillard se charge de t'instruire; tu t'y attacheras

La mobile physionomie de Pierre s'éclaircit tout à coup, son regard humide brilla d'un vif éclat, et une grande partie du chagrin qu'il éprouvait en songeant qu'il allait quitter ses parents, se perdit dans la joie de ne pas être envoyé dans une de ces grandes villes qui lui avaient toujours semblé de véritables prisons; l'idée de revoir Loubette et sa bonne tante, qui lui était une seconde mère, adoucit les regrets qu'il donnait au bateau paternel. Il s'assit à l'avant du bateau, essuya de nouveau son fusil, réunit autour de lui son sac de plomb, sa poudrière, les mit en bon état, puis il fit avec soin un paquet de ses vêtements; mais lorsque sa mère vint y glisser une petite bourse de cuir jaune renfermant toutes ses épargnes, il jeta ses bras autour du cou de cette bonne mère, et, le cœur gros d'émotion, il mêla ses larmes aux siennes..... Qu'elle eût dit un mot alors, et il serait resté, sans que le souvenir de Loubette fût venu attrister la joie qu'il aurait éprouvée à ramener le sourire sur la douce et respectable figure de la digne femme qui l'avait mis au monde, qui l'avait nourri de son lait, et l'avait veillé tant de nuits lorsque les dents le faisaient souffrir, et qu'elle n'avait pour apaiser ses cris, que des baisers et des chansons.

— Oh! pensait Pierre, rien n'est bon comme une mère, rien ne nous aime comme une mère! et il serrait la sienne sur son cœur, et il pleurait sans pouvoir s'en empêcher! Mais la pauvre femme avait promis de se résigner : elle chercha à le consoler, essuya ses larmes et les siennes, puis elle l'engagea à partir avant que la journée fût trop avancée.

— Tout est-il prêt, mon enfant? dit l'oncle en venant à eux. Émeriau le suivait; il avait repris courage, et lorsqu'il serra son fils dans ses bras, sa voix ne trembla pas en lui disant adieu. La pauvre mère, au contraire, sentit toutes ses forces s'évanouir, et elle ne sut que fondre en larmes en appelant sur son enfant les bénédictions du ciel.

Le bateau de l'oncle s'éloigna lentement du bateau d'Émerian. Il est, vrai que Pierre était sans forces : les larmes de sa mère, en tombant sur son cœur, l'avaient amolli de telle sorte, que la rame restait entre ses mains, sans qu'il songeât à la faire mouvoir. Ses yeux se tournèrent vers le bateau de son père tant qu'il put en distinguer la moindre partie, et ce ne fut que lorsque le mouchoir que sa mère agitait ne parut plus, même comme un petit point blanc, qu'il imprima aux rames un mouvement plus rapide, alors son oncle lui frappa sur l'épaule et lui dit :

— Tu es un brave garçon, mon ami ; je n'ai pas voulu te distraire de tes regrets, mais, il est tard et nous sommes loin : allons, de l'avant, autrement ma femme et Loubette seraient inquiètes, et nous ne trouverions même plus la fumée du souper.

Il était neuf heures du soir lorsque le bateau toucha le rivage ; Bianca sauta, joyeuse et folle, sur la grève, et, la queue en trompette, les oreilles au vent, elle se dirigea en toute hâte du côté de la hutte. Pierre aurait bien voulu la suivre ; mais son oncle, qui avait pris son bras, retardait sa marche.

La nuit était noire ; on ne voyait aucune lumière briller dans le petit village ; les habitants des huttes étaient couchés, pour la plupart, et ceux qui veillaient avaient fermé leurs portes ; il faisait froid. L'arrivée de Bianca à la hutte de l'oncle de Pierre tira Loubette et sa mère d'une grande inquiétude, car elles avaient fini par croire que les parents de Pierre, au moment de le quitter, n'avaient plus eu la force de s'en séparer, et que son oncle reviendrait sans lui, au grand chagrin de M. le curé, qui désirait beaucoup rendre Pierre aussi savant qu'il l'était lui-même. Loubette alluma vite une lanterne, et, précédée de Bianca, elle courut au-devant de son père et de son cousin. Pierre entendit sa voix avant de la voir, et ce ne fut qu'au détour d'un sentier qu'il la vit accourir, caressant et repoussant tout à la fois Bianca, dont la pétulante joie l'empêchait d'avancer, et menaçait à tout instant de faire éteindre le fanal.

— Bonsoir, mon père; bonsoir, cousin.

— Bonsoir, petite sœur.

Et les deux enfants prenant l'oncle par le bras, l'entraînèrent vers la hutte.

— Le voilà, ma femme, cria-t-il en entrant chez lui, le voilà, mais ce n'est pas sans peine. Allons, embrasse-le, et ne lui parle de rien, car son cœur est tendre comme celui d'une fille. Le souper est prêt, je suppose; nous lui avons donné le temps de cuire, et même de brûler, ajouta-t-il en riant. Voyons, femme, à table; sers-nous tout ce qu'il y a de meilleur dans la maison, j'ai une faim de loup!

On se mit à table; le repas fut gai, quoique mêlé de regrets. On parla du bon curé, de tout ce qu'il savait, de tout ce qu'il apprendrait à Pierre, des fêtes du dimanche, du plaisir qu'il y aurait à se réunir le soir. Pierre écoutait en souriant, puis il soupirait; et Loubette, ayant vu qu'au souvenir de sa mère et des soirées passées en famille une larme brillait dans les yeux de son cousin, Loubette se leva doucement de table, passa derrière lui, et d'une main caressante essuya cette larme avec le coin de son tablier.

— Chère sœur, dit Pierre en se retournant, que tu es bonne et que je t'aime!

— Tu ne pleureras donc plus?

— Non, je ne pleurerai plus... mais pense donc, Loubette, ce que c'est que de s'éloigner de sa mère pour si longtemps, d'être des jours, des mois sans la voir, lorsqu'on était habitué à jouir de ce bonheur à tout instant, lorsqu'on ne l'avait jamais quittée!

— O maman, chère maman! s'écria Loubette en se jetant au cou de sa mère, je ne le pourrais pas, j'en mourrais de chagrin, et pourtant j'aime bien mon oncle, ma tante et Pierre!

— S'il le fallait, ma fille, reprit la mère, il faudrait en avoir le courage; il faut toujours savoir sacrifier son bonheur à son devoir, et endurer des privations, des chagrins, si ces privations et ces chagrins doivent amener un bon résultat, ou sont inévitables. C'est tout enfant qu'il faut s'habituer à agir ainsi; on s'épargne plus tard bien des fautes, bien des malheurs, causés souvent par la crainte de souffrir et par la faiblesse que nous avons par nous-mêmes; mais, grâce au ciel! ajouta-t-elle en embrassant Loubette, déjà toute rouge d'inquiétude, rien ne t'oblige encore à me quitter. Les hommes sont forcés d'apprendre une foule de choses inutiles aux femmes, surtout à celles qui, comme toi, ne sont destinées qu'à faire de bonnes ménagères.

VII. — Pierre apprend à écrire.

Le lendemain Pierre revêtit ses plus beaux habits et suivit son oncle chez le bon curé, où il allait s'installer pour quelques années. Au moment où ils ouvraient la porte du jardin, le curé reconduisait un homme de grande et noble taille; cet homme détourna la tête, rabattit avec soin un large chapeau de feutre noir, s'enveloppa dans un manteau de drap brun, salua en silence et s'éloigna.

Pierre crut remarquer que le regard de cet étranger s'était arrêté sur lui à la dérobée, au moment où il avait salué; cette pensée l'empêcha de faire attention au curé, qui causait avec son oncle; mais à la voix de celui-ci, il oublia l'étranger et s'inclina devant l'homme respectable qui voulait bien se charger de son instruction.

Le bon curé, chez lequel il venait d'arriver, était un homme profondément instruit, modeste comme l'est toujours le vrai mérite, et mettant au-dessus de la science les qualités du cœur : sa belle figure, sillonnée de rides, appelait le respect et l'affection. Pierre sentit dès le premier abord qu'il l'aimerait, et lorsque son oncle prit congé de lui, il l'embrassa et lui dit tout bas :

— Je crois que je serai heureux ici.

La chambre que l'on donna à Pierre ne ressemblait en rien à la cabane de son bateau et à la hutte de son oncle. Elle était grande et commode; les murs, blanchis à la chaux, étaient unis comme une glace; les solives du plafond étaient peintes en gris; les carreaux formant le plancher étaient propres et réguliers; une grande et large fenêtre ouvrait sur un jardin, et les meubles consistaient en un lit doux et bon, six chaises de paille, une belle commode de noyer et une petite table de cerisier. Pierre fit plusieurs fois le tour de cette chambre; elle lui semblait un véritable palais.

Les premières leçons que notre jeune sauvage reçut lui parurent bien arides et le découragèrent; il ne pouvait se plier à apprendre la grammaire et à faire des lettres; il éprouvait cependant le désir de savoir écrire, et ce désir lui donna de la patience, il étudiait bien des heures par jour, il barbouillait bien des feuilles de papier, faisait des bâtons tout tordus, des O plus carrés qu'ils n'étaient ronds, et semait tout cela de grosses taches d'encre : il fut longtemps, bien longtemps avant que de parvenir à écrire toutes ses lettres et à les réunir en mots. Il était cependant rempli de bonne volonté et d'intelligence; mais il est bien plus difficile d'apprendre à lire et à écrire lorsqu'on est arrivé à un âge raisonnable, que lorsqu'on a six ou sept ans, et voilà pourquoi les parents ont toujours soin de commencer de bonne heure l'éducation de leurs enfants. La mémoire est meilleure, plus souple, plus facile, et l'intelligence, n'étant pas distraite par une foule de choses, se concentre sur un seul point. Ce qu'on apprend étant enfant, on l'apprend beaucoup plus vite, et on ne l'oublie jamais.

Six mois s'écoulèrent avant que Pierre sût écrire en demi-gros d'une manière propre et lisible; mais quelle fut sa joie lorsqu'il put faire une lettre à son père, puis une à sa mère, puis une autre à Loubette; il aurait voulu écrire des lettres toute la journée. Pierre apprenait la grammaire et le latin encore plus difficilement que le reste, et cette étude ne l'amusait nullement; il lui fallait un grand courage pour rester des heures entières les yeux fixés sur des livres qui lui paraissaient contenir de l'hébreu, tant il les trouvait incompréhensibles.

Le printemps finissait; Pierre avait déjà visité plusieurs fois sa bonne mère et son père; celui-ci lui demandait toujours s'il chassait et pêchait encore.

— Hélas! répondait Pierre, je n'ai que bien peu de temps pour cela, et son père soupirait et lui disait :

— Tu viendras ici aux vacances et nous chasserons et nous pêcherons encore ensemble.

Cependant plus le temps s'écoulait et plus Pierre s'attachait au bon curé et à l'étude; il avait reçu une grande quantité de livres. La caisse portait ces mots : *la Providence veille sur les enfants studieux.* Il lisait beaucoup; l'histoire

l'intéressait plus que toute autre chose; c'était un monde
nouveau ouvert devant lui : il avait été si longtemps per-
suadé que l'univers se bornait aux côtes de l'Océan. Il lut
surtout attentivement les historiens du Poitou, et parvint à
se former une juste idée de l'origine de ses compatriotes, de
leurs mœurs, et de leur première patrie.

Il finit par trouver tant de charmes au travail, qu'il le
plaça sur la même ligne que la pêche et la chasse, ce qui
était beaucoup pour lui. Il ne se passait pas de jours qu'il
n'allât le soir chez son oncle; s'il pleuvait, il tressait avec
Loubette de jolis paniers en osier; s'il faisait beau, il courait
avec elle dans les prairies voisines, s'arrêtait pour cueillir
une fleur, pour attraper un papillon ou chercher des nids
d'oiseaux; et lorsqu'il voyait Loubette, heureuse et folâtre,
s'amuser du brin d'herbe qu'elle cueillait, de l'insecte qui
rasait son front en bourdonnant, il était heureux et il
oubliait Cicéron, Horace et les pensums, qui étaient quelquefois son partage lorsqu'il rentrait trop tard.

— Car, disait le curé, tu passes plus de temps à jouer,
qu'il ne convient à ton âge; tu ne peux rester plus de deux
ou trois ans encore chez moi, et il faut que ton éducation
soit finie alors.

Pierre sentait que son maître avait raison; il redoublait
d'attention, tâchait de ne plus s'oublier dans la hutte de son
oncle, ou dans les prairies environnantes.

Le bon curé disait sa messe à cinq heures du matin tous
les jours, et il avait coutume de faire une promenade avec
son élève, qu'il aimait tendrement; ils faisaient quelquefois
une lieue en s'avançant dans les terres, et Pierre prenait
un grand intérêt à tout ce qu'il voyait; il est vrai que son
digne instituteur lui expliquait chemin faisant une foule
d'usages qui excitaient sa curiosité et son étonnement.

Il lui racontait les chroniques du pays, et il lui faisait

sentir combien on doit attacher de prix à s'instruire, quel que soit l'état que l'on veuille embrasser.

Il le conduisait souvent chez de bons fermiers dont la chaumière hospitalière était constamment ouverte aux pauvres et aux voyageurs.

VIII. — La Famille incendiée.

Pierre et le bon curé entrèrent un jour dans une de ces chaumières, il pouvait être huit heures du matin ; toute la famille et les serviteurs étaient assis autour d'une longue table entourée de bancs. C'était le déjeuner ; il consistait en une énorme soupe aux choux qu'on achevait de verser dans une large terrine verte, en un plat de betteraves et un plat de lard entouré de choux ; deux pots pleins de vin blanc étaient à chaque bout de la table, et outre le pain déjà entamé, un autre pain tout entier était sur la table : c'est un usage fort ancien ; il exprime l'abondance, et veut dire qu'il y a toujours un pain consacré aux pauvres qui peuvent pendant le repas s'avancer jusqu'à la porte. Il y a fort peu de peuple aussi hospitalier que les habitants de la Vendée et de la Bretagne. Il est bien rare qu'un étranger entre chez eux sans qu'ils offrent *à boire un coup, à manger un morceau* ; et le pauvre qui demande du pain ou du grain n'est jamais refusé. La charité est chez ce peuple une vertu sans ostentation ; elle leur semble toute simple, et ils sont tellement habitués à l'exercer, qu'ils ne comprendraient pas qu'on pût leur en faire un mérite.

— Dieu, disent-ils, nous a donné du pain pour que nous le partagions avec celui qui n'en a pas.

A la vue du curé, toute la famille fut debout en un instant, les femmes faisant la révérence, les hommes ôtant leurs bonnets de coton brun ou leurs larges chapeaux :

— Asseyez-vous, mes enfants, asseyez-vous, dit le bon vieillard, je ne veux déranger personne; achevez votre repas, vous l'avez gagné à la sueur de votre front; que la bénédiction du ciel soit avec vous.

Tout le monde s'assit. La conversation roula bientôt sur la moisson, sur les foins, et Pierre apprit une foule de choses qu'il ignorait encore. On achevait de déjeuner lorsque toute une famille en guenilles se présenta à la porte; c'était un vieillard à barbe et à cheveux blancs; il portait sur son épaule un petit havresac de toile, jeté en travers sur un long bâton; sa voix chevrotante demandait du pain; derrière lui était une femme encore jeune; mais elle était aveugle; de grandes cicatrices se voyaient sur sa figure, et trois petits enfants (dont le plus grand la tenait par la main) étaient groupés autour d'elle. Le vieillard présentait un papier sale et déchiré; personne ne savait lire dans la ferme, et le curé prit ce papier, où il eut de la peine à déchiffrer les lignes suivantes :

« Jean Racineux, vigneron de son état, a eu sa chaumière incendiée, ses meubles brûlés; il est resté sans autres vêtements que ceux qu'il avait sur son corps; son gendre a eu la cuisse cassée; il est mort pendant l'opération, et sa femme a manqué périr en sauvant le plus jeune de leurs enfants; une solive est tombée sur sa tête; le feu a pris à ses cheveux, lui a brûlé toute la figure et l'a laissée aveugle; nous recommandons à la charité publique cette pauvre famille réduite à la dernière des misères. »

Venaient ensuite les signatures des autorités du petit

village où ce malheur était arrivé. Ce village était situé à
plus de douze lieues de l'endroit où ces infortunés venaient
implorer des secours.

Chacun des habitants de la chaumière où se trouvait le
curé avait écouté la lecture de ce grand malheur, en donnant
tous les signes de la plus vive compassion.

— Jésus mon Dieu! disaient les femmes, que vont-ils
faire, les pauvres gens?

— Dieu en prendra soin, reprit le curé; Dieu inspirera
aux hommes qui n'ont pas subi de tels malheurs, le désir
de venir au secours de leur misère; ils penseront que nul
d'entre eux n'est à l'abri d'une semblable calamité, et
qu'il faut qu'ils fassent pour ces malheureux ce qu'ils vou-
draient que l'on fît pour eux en pareille circonstance.

— Entrez, entrez, ne restez pas à la porte, crièrent aussitôt le père et la mère de la nombreuse famille qui habitait cette chaumière, il y a place pour vous au feu et à
table.

Le vieillard passa le premier, inclinant sa belle tête blanche, et bénissant ses hôtes; la pauvre aveugle suivit, et les
trois enfants se cachèrent à demi sous son tablier, tant ils
étaient honteux de se trouver tout à coup en face d'un si
grand nombre d'étrangers; les deux petits garçons surtout
paraissaient ne savoir où se mettre, lorsque leur mère fut
assise; ils pouvaient avoir de huit à dix ans; on voyait que
leurs parents s'étaient privés de tout pour eux, car ils
étaient gras et frais. La petite fille n'avait que cinq ans; elle
paraissait bien fatiguée, et avala avec une grande joie une
jatte de lait qu'un des enfants de la fermière lui présenta :
c'était le meilleur moyen de la mettre à son aise; on l'employa aussi avec ses frères, qui finirent peu à peu par
regarder tout ce qui les entourait. Pierre avait pris la petite
fille sur ses genoux; il cherchait à la faire causer, mais il

ne pouvait en tirer une seule parole : les enfants des campagnes sont si sauvages, lorsqu'ils se trouvent avec des personnes mieux mises qu'eux, que les petits malheureux resteraient plutôt sans manger que d'ouvrir la bouche pour parler. Il faut bien du temps pour vaincre cette extrême timidité.

— Jeanne, dit le vieillard, parle donc à ce jeune monsieur, il ne te fera pas de mal, va.

L'enfant baissa sa jolie petite tête, et chercha à descendre des genoux du jeune monsieur. Pierre la laissa aller : elle se réfugia dans les jambes de sa mère, qui, étendant sa main sur elle, la caressa en tâchant de lui sourire ; mais au lieu d'un sourire ce furent deux larmes qui tombèrent de ses yeux fermés : la pauvre mère ne pouvait s'habituer à ne plus voir ses enfants. Lorsqu'ils eurent bien mangé et qu'ils se furent reposés plus d'une heure, ils se levèrent pour partir.

— Et où allez-vous aller ? leur dit le curé.

— Où Dieu nous conduira, répondit le vieillard.

— Hélas ! mes pauvres enfants, reprit le curé, la terre est bien grande et vos jambes ne sauraient aller loin.

— Il n'est que trop vrai, dit le vieillard en branlant la tête, mais que faire ? Nous n'avons plus que la terre pour plancher, le ciel pour toit, et la pitié des hommes pour nous vêtir et nous nourrir. S'il plaît à Dieu, il me retirera bientôt à lui, ainsi que ma pauvre fille ; mais voilà trois innocents qui seront abandonnés alors, et il faut que nous désirions de vivre pour eux.

Durant ce discours, qui avait été entrecoupé de bien des soupirs, le fermier et sa femme échangeaient de fréquents regards, et semblaient se consulter entre eux.

— Bon homme, dit enfin le fermier, en arrêtant par la main le vieillard prêt à passer le seuil de sa porte, il est plus facile de trouver la nourriture de quatre personnes que de cinq; voici ma femme qui dit qu'elle a besoin d'un petit garçon pour conduire les moutons au pâturage; laissez-nous un de vos garçons, nous en aurons soin comme s'il était à nous.

— Dieu de bonté (et le vieillard éleva ses mains vers le ciel)! vous feriez cela!

Cependant, comme il n'y a pas de joie sans peine, il s'éleva un triste débat entre les deux enfants : c'était à qui ne resterait pas. On avait beau leur dire :

—Tu auras de bonne soupe chaude deux fois par jour, tu mangeras quand tu auras faim et tu te chaufferas quand tu auras froid; ils pleuraient, se cramponnaient aux vieux vêtements de leurs pauvres parents, et ne voulaient pas s'en séparer. Pierre, voyant ce débat, songea tout à coup à la douleur qu'il avait éprouvée en quittant sa mère, et ce souvenir faisant jaillir des larmes de ses yeux, il se retira dans un coin de la chaumière pour qu'on ne le remarquât pas.

— O que ne suis-je riche, se disait-il tout bas, je ne séparerais pas ces pauvres enfants de leur mère, je prendrais toute la famille chez moi. Je comprends à présent combien il y a de bonheur à être riche!

Pendant que Pierre se creusait inutilement la tête pour savoir ce qu'il pourrait faire, le bon curé avait pris par la main l'aîné des garçons, et était sorti de la chaumière avec lui. L'enfant, habitué tout petit à respecter les ministres de Dieu et à écouter leurs paroles, s'était laissé conduire sans résistance. Lorsqu'ils furent à une centaine de pas, le curé s'arrêta et dit à l'enfant :

—Aime-tu ta mère, mon garçon?

—Oui, répondit-il, car le respect était plus fort que la timidité, et la crainte de mal faire lui déliait la langue.

— Eh bien ! si tu l'aimes, il faut te montrer plus raisonnable que ton frère. Quel âge as-tu ?

— Dix ans.

— A dix ans, mon enfant, il faut s'occuper à autre chose
qu'à demander l'aumône. Tu peux être utile à ta mère en
restant ici ; tu te feras aimer, tu grandiras, on te donnera
des gages, et tu pourras procurer avec ton travail un peu
d'argent à ta mère ; crois-tu que cela ne sera pas mieux lui
prouver ton attachement que de t'obstiner à rester à sa
charge et à ne rien faire pour la retirer de la misère ?

L'enfant pleurait et ne répondait rien.

— Dieu te bénira, mon garçon, si tu as du courage, reprit
le bon curé en se baissant vers lui et en l'embrassant.

— Je ferai ce que ma mère voudra, dit alors l'enfant en
sanglotant.

— Mais il ne faut pas qu'elle voie que tu as pleuré, cela
lui ferait de la peine.

— Hélas ! reprit l'enfant, elle ne le verra pas, elle est
aveugle !

— Elle le verra, mon enfant ; le cœur d'une mère a une
seconde vue intérieure qui ne la trompe jamais ; elle saura
au son de ta voix si tu as pleuré, et si elle t'embrasse et
qu'elle sente sous ses lèvres tes petites joues mouillées de
larmes, elle souffrira beaucoup et n'aura plus la force de se
séparer de toi ; elle préférera se priver encore de nourriture
pour te la laisser.

— Je ne vais plus pleurer, Monsieur, dit l'enfant en
essuyant ses yeux à la vieille manche de sa chemise ; je
veux que ma mère mange son content ; je préfère rester à
travailler ici pour ne plus lui être à charge.

— Tu es un bon fils, mon cher enfant, dit le curé en
l'embrassant avec émotion ; Dieu te bénira et aura soin de

la mère; tu porteras bonheur à ta famille. Comment t'ap-
pelles-tu?

—Je m'appelle Jean, du nom de mon grand-père, qui
m'a tenu sur les fonts de baptême.

— Allons, Jean, retournons près de ta mère, et aies bon
courage.

— Oh! oui, Monsieur, j'en aurai.

Et Jean, qui sentait au fond de son âme un grand contentement de lui-même, releva la tête et suivit le curé, sans
qu'un seul soupir s'échappât de sa petite poitrine, qui était
cependant bien oppressée.

— Voilà Jean qui accepte votre proposition, dit le curé
en rentrant dans la chaumière; il restera avec vous; il m'a
promis de bien faire son devoir et de prouver par sa bonne
conduite toute sa reconnaissance. Le frère de Jean se cramponna à sa mère et cacha sa figure toute rouge de joie sur
ses genoux.

— Dieu te bénira, mon fils, dit la pauvre aveugle en
cherchant avec sa main celle de son aîné; grâce à lui tu ne
vas plus manquer de rien, et je te saurai à l'abri de la
misère. Hélas! ajouta-t-elle, que ne puis-je en dire autant
de ton frère, et de ta petite sœur!

— Donnez-moi Jeanne, s'écria Pierre en s'avançant vers
elle, les yeux pleins de larmes, les joues rouges et les lèvres
tremblantes, j'ai une cousine qui l'aimera et qui la soignera
bien; elle ne demeure qu'à une lieue d'ici, et je l'amènerai
voir son frère trois ou quatre fois l'an.

— Es-tu sûr de ce que tu avances là, mon ami, dit le curé;
Loubette n'est pas sa maîtresse, et ton oncle et ta tante
n'auraient qu'à ne pas vouloir prendre cette enfant chez
eux.

— Oh! que si, ils le voudront bien! reprit Pierre en rou-
gissant encore davantage, car il sentait que son bon cœur

l'avait emporté trop loin, et qu'il ne faut jamais offrir que
ce qu'il dépend tout à fait de nous d'accorder.

— Voilà ce qu'on peut faire, dit le curé en serrant la main
de son élève.

— J'ai, grâce au ciel! de quoi vivre, et ce n'est pas une
personne de plus ou de moins qui amènera la disette chez
moi. Je prendrai cette pauvre mère, et je garderai sa fille
si sa tante ne peut pas s'en charger.

A ces mots, le curé se sentit étouffé plutôt que serré dans
les bras de son cher élève; la pauvre aveugle avait saisi une
de ses mains et la couvrait de baisers; le bon vieillard
s'était jeté à ses genoux avec les trois petits enfants; et toute
la famille du fermier, les yeux en pleurs, les mains jointes,
s'écriait :

— O le digne homme! c'est un ange sur la terre! Jésus,
mon Dieu! sa présence a sanctifié notre maison! Il prendra
la mère et l'enfant, et il n'est pas riche! il y a tant de pauvres sur sa paroisse!

Le bien que l'on voit faire donne presque toujours le
désir d'en pouvoir faire aussi! le cœur des bons paysans
s'ouvrit à la charité; ce ne fut plus assez pour eux d'avoir
pris à leur service le fils aîné, qui, dans le fait leur serait
plus utile qu'à charge; ils offrirent tous d'une voix de garder
le pauvre vieillard avec eux.

— Hélas! dit la fermière, si mon père vivait, il aurait
votre âge, et il faudrait bien qu'il y eût une place pour lui
au foyer et à table, et la meilleure encore! Eh bien! nous
vous traiterons comme si vous étiez notre père, et quand la
journée sera finie, vous aurez votre petit Jean pour vous
distraire et vous caresser.

Le vieillard croyait rêver; il riait, il pleurait, il serrait
ses enfants dans ses bras; il appelait toutes les bénédictions
du ciel sur les sauveurs de sa famille! Lorsque le calme fut

un peu rétabli, on s'assit; toutes les figures respiraient le bonheur, même celle de la pauvre aveugle. Un étranger qui serait entré n'aurait jamais pu distinguer, à l'expression des physionomies, celui qui recevait le bienfait, de celui qui le donnait. Ah! c'est qu'il y a dans le bien que l'on fait une jouissance tellement vive, tellement profonde, que ce n'est pas celui qui reçoit qui goûte le plus de bonheur.

IX. — Le petit François.

— Je sais filer, dit la pauvre aveugle en se tournant du côté où elle supposait le curé, je filerai toute la sainte journée, et je pourrai tricoter aussi.

Le curé sourit et dit :

— Ce n'est pas de refus; ma ménagère a peu de temps à elle, et une maison n'est jamais trop approvisionnée de bon linge. J'use aussi beaucoup de bas de laine l'hiver; j'ai de si longues courses à faire!

L'aveugle se redressa et sa figure s'épanouit; on voyait qu'elle était fière de penser qu'elle ne serait pas inutile.

— Et moi, dit le vieillard, je pourrai aller aux champs, je pourrai faire des fagots et aider à tout ce qui ne demandera pas trop de force, car si les jambes vont encore, les bras ont perdu de leur vigueur; cela n'empêche pas qu'ils ne puissent manier la bêche et la faucille, ajouta-t-il en les agitant.

— Vous nous serez très-utile, reprit le fermier en lui frappant sur l'épaule; vous et votre petit-fils, vous ne manquerez pas d'ouvrage ici ; il n'y a jamais trop de bras dans une ferme.

— Excellent cœur ! interrompit le vieillard, je sais bien que vous ne comptez guère sur moi pour vous être utile; mais vous me dites cela pour que je ne me tourmente pas de l'idée que je suis de trop sur la terre.

Le vieillard avait deviné juste, le bon fermier faisait comme venait de faire le curé, il cherchait à diminuer la honte que l'on éprouve souvent lorsqu'on sent que l'on va être à charge aux autres. Il ne suffit pas de faire le bien, il faut le faire avec délicatesse; la main qui donne a besoin d'être bien légère pour ne pas blesser! L'aumône devient humiliante toutes les fois qu'on ne sait pas lui donner l'apparence d'un prêt ou d'un salaire.

Le temps avait passé vite; il était près de dix heures et les travaux de la ferme ne pouvaient pas rester plus long-temps suspendus. Il fallut songer à se quitter; mais quand chacun fut debout, que le vieillard et Jean, se furent rangés à côté du fermier et que la pauvre aveugle et la petite Jeanne se furent rapprochées du curé, un cri général s'éleva :

— Et l'autre petit garçon, personne n'y a songé ?

La mère se baissa vers son fils, et le serra dans ses bras, comme pour dire :

— Si fait bien moi, mais je n'ai pas osé en parler.

L'enfant restait immobile, on aurait pu croire qu'il était étranger à tout ce qui se passait, si ses yeux pleins de larmes n'avaient témoigné du chagrin qu'il éprouvait d'avoir été oublié.

Il y eut un moment d'hésitation et de pénible embarras; on se regardait en silence et personne n'osait ouvrir un avis; le fermier et le curé sentaient qu'ils avaient déjà fait des sacrifices au-dessus de leurs forces.

— Monsieur, et Pierre tirait tout doucement le curé par la main, je pense, oui, je crois, je voudrais vous consulter là-dessus.

Pierre et le curé sortirent un moment.

— Que veux-tu me dire, mon ami? et le curé sembla découragé, car il sentait que tout ce qu'on venait de faire pour la pauvre famille incendiée était nul, si on abandonnait le plus jeune des fils, et il augurait peu de chose de ce que Pierre pouvait avoir à lui proposer.

— Cher maître, dit le jeune homme, je n'ai pas voulu parler de mon père avant de vous consulter, mais je puis bien, je crois, répondre d'avance qu'il prendra ce petit garçon; outre que mon père est à son aise, qu'il a le cœur toujours prêt à obliger, mon absence a laissé un grand vide dans le bateau et cet enfant serait fort utile pour tendre les filets, prendre le poisson, et le faire sécher; je me souviens qu'à son âge je faisais une foule de choses, et comme les vacances ne sont pas loin, je pourrais alors lui apprendre tout ce qu'un pêcheur doit savoir faire.

— Ton idée n'est pas mauvaise, mon ami.

— N'est-ce pas qu'elle n'est point mauvaise, répéta Pierre en sautant au cou du curé; je me charge de conduire moi-même ce pauvre enfant chez mon père, et cela dès demain, je serai de retour à la fin de la semaine; ce sera un petit à-compte pris sur les vacances; je réparerai bien le temps perdu, fiez-vous à moi.

— Allons, reprit le curé, il faut espérer que ton père recevra bien le nouvel hôte que tu vas lui amener; au cas où il te ferait sentir que tu as eu tort d'agir ainsi sans le prévenir d'avance, tu le ramènerais chez moi; le bon Dieu pourvoirait à sa vie; il y a de bonnes âmes dans le village, et l'enfant est gentil.

— Oh ! oui, il est bien gentil, et mon père et ma mère l'aimeront bien, j'en suis sûr.

Pierre entraîna le curé dans la chaumière et, saisissant le petit garçon dans ses bras, il s'écria :

— Tu viendras avec nous, mon cher enfant ! et demain je te conduirai chez mon père, où tu seras bien heureux, où tu verras tout plein de choses que tu ne connais pas !

Ce fut une grande joie, plus grande peut-être que la première, car on avait eu la crainte de n'avoir fait le bien qu'incomplètement. L'aveugle appela son petit François, et lui dit :

— Mène-moi au jeune monsieur qui te conduira chez son père, que je le bénisse et le remercie.

Pierre serra les mains de la pauvre mère, lui promit de veiller sur son fils, et, le cœur plein du plus touchant orgueil, il prit le petit François par la main et voulut se mettre en marche, mais François tirait sa main et se lamentait :

— Qu'as-tu donc ? lui dit Pierre ; est-ce que tu as encore peur de moi ?

— Non.

— Eh bien ! viens donc !

— C'est moi qui donne toujours la main à ma mère, dit l'enfant en se tournant vers elle, il faut que je lui montre le chemin ; Jeanne est trop petite, elle ferait tomber notre mère.

Pierre lâcha la main de François et l'embrassa en lui disant :

— Tu es un bon petit garçon, j'aurai bien soin de la mère quand tu n'y seras pas.

François courut à la pauvre aveugle, il prit sa main, et la petite Jeanne se cramponna à la vieille veste de son frère. Le bon curé, après avoir donné sa bénédiction à toute la

4

famille du fermier, se sépara d'elle, en lui promettant de la revoir souvent.

Il était midi lorsqu'on arriva à la maison du curé. Sa vieille servante commençait à être fort inquiète; car il n'avait pas coutume de rester aussi longtemps dehors. Elle était habituée à voir des pauvres arrêtés devant le presbytère, et elle ne fit attention à la pauvre aveugle et à ses deux enfants que lorsqu'elle les vit passer le seuil de la porte ouvrant sur la basse-cour; ils suivaient de si près le bon curé, qu'elle commença par leur dire assez rudement que ce n'était pas le moment d'importuner ainsi, et qu'il fallait qu'ils restassent à attendre à la porte sur le banc de pierre placé en dehors.

— Non, ma bonne Madeleine, dit le curé à la vieille servante, tandis que Pierre rassurait la pauvre aveugle qui était toute tremblante, cette brave femme va rester ici, elle y demeurera; tu as besoin d'une aide.

— Mon Dieu! Monsieur, est-ce pour cela que vous nous amenez une aveugle?

— C'est une bonne fileuse, une bonne tricoteuse : elle se rendra utile le plus qu'elle pourra.

— Utile! reprit Madeleine, vraiment, Monsieur, votre bon cœur n'a pas calculé la charge que vous prenez.

— Silence, Madeleine, ne faites jamais sentir à cette brave femme qu'elle peut m'être une gêne; lorsque vous connaîtrez ses malheurs, vous en aurez autant de pitié que j'en ai eu : car vous êtes bonne, Madeleine, et ce n'est que par attachement pour moi que vous criez ainsi.

— Sans doute, sans doute, autrement qu'est-ce que cela me ferait à moi? Et ces deux enfants-là, à qui sont-ils, vont-ils rester ici?

— Si c'était la volonté de Dieu, Madeleine, il faudrait bien leur faire place; ce n'est pas vous, Madeleine, qui

laisseriez mourir de faim et de froid de pauvres petits
enfants! vous les aimez trop pour cela. Et puis vous savez
bien que les enfants portent bonheur à une maison, et que
Dieu entend leurs prières avant les nôtres.

— Sainte mère de Dieu! où fourrer tout cela, répondit
Madeleine en jetant sur la pauvre famille un regard qui
contredisait un peu ce que le bon curé venait de dire de son
amour pour les enfants!

— Rassure-toi, Madeleine; il est probable que la pauvre
mère restera seule ici, nous allons nous occuper dès demain
de placer les deux enfants.

— A la bonne heure, s'il n'y a que la mère. Eh bien! on
verra, on pourra s'arranger, on fera pour le mieux.

X. — La petite Jeanne.

Lorsque la pauvre famille fut installée, que la bonne
humeur de Madeleine fut revenue, et que le respectable
curé se fut un peu reposé, on se mit à table, et Madeleine
servit le dîner. Il consistait en une soupe grasse, le bœuf
et un plat de choux. Le curé vivait très-sobrement; il
aimait mieux se priver de beaucoup de bonnes choses, et
venir au secours de ses paroissiens, qui n'avaient souvent
que du pain à manger et de l'eau à boire.

Ce sont des hommes comme moi, avait-il coutume de
dire : pourquoi ne me priverais-je pas pour leur procurer
de temps en temps un bon morceau!

Quand le repas fut fini, Pierre se rendit à la hutte de son

oncle ; sa tante et Loubette étaient seules occupées à filer ; l'oncle était aux champs.

Pierre se mit à raconter la belle promenade qu'il avait faite avec le curé ; il parla de l'hospitalité du bon fermier, des beaux meubles qu'il avait vus chez lui : puis il fit une peinture touchante de l'arrivée de la pauvre famille incendiée ; il parla de la grâce, de la gentillesse de la petite Jeanne, et, avant qu'il fût arrivé à dire que le curé s'était chargé de la mère, il avait tellement ému Loubette et sa tante, que toutes deux pleuraient.

— Pauvre petite, répétait Loubette, voilà son frère bien placé ; mais elle, il faudra qu'elle recommence à courir pour demander son pain : pauvre enfant, si petite ! les forces lui manqueront !

— Hélas ! oui, dit Pierre, elle est délicate, et ses petits pieds sont tout écorchés.

— Ah, mon Dieu ! Ce fut au tour de la mère de s'attendrir sur le sort de la pauvre enfant.

— Quel dommage que cette hutte soit si petite !

Et l'excellente femme promenait ses yeux autour d'elle.

— O maman ! s'écria Loubette qui devinait sa pensée, ne t'inquiète pas, je lui donnerai la nuit la moitié de mon lit, et pendant le jour je la mettrai tout près de moi ; elle ne t'ôtera pas du tout de place, je te le promets, maman !

La mère sourit.

— Et qui lui fera ses vêtements ?

— Ce sera moi, maman, s'écria Loubette. Au lieu de filer le soir une quenouillée, j'en filerai deux ; au lieu de me lever après le soleil, je me lèverai au point du jour, et je tricoterai des jupes, des bas ! Tu verras, maman, tu verras !

Pierre se jeta au cou de Loubette et de sa tante, en répétant :

— Ah! quel bonheur! vous prendrez Jeanne, vous aurez soin de Jeanne!

— Reste à savoir si ton oncle le voudra, dit la mère de Loubette en prenant un air plus sérieux : il est le maître ici.

— Ah mon Dieu! s'il n'allait pas vouloir, s'écrièrent les deux enfants; puis, presqu'au même instant, ils ajoutèrent en sautant :

— Oh! il le voudra bien!

L'oncle revint : on lui conta l'histoire de la petite Jeanne, et on tâcha de l'amener à deviner ce qu'on attendait, ce qu'on désirait de lui; l'oncle avait un excellent cœur, mais il aimait ses aises, une grande tranquillité, et il s'effraya à l'idée d'avoir un enfant si jeune autour de lui.

— Viens-ici, lui dit sa femme.

Ils sortirent et causèrent bas tous les deux. Cependant Pierre entendit ces mots:

— Lorsqu'elle fera sa première communion...

Et puis :

— Et ce sera bientôt.

— Tu as raison. Eh bien! puisqu'il y aura place.

— Cependant, prendre une enfant sans l'avoir seulement vue!

— Ah! cher oncle, s'écria Pierre en s'élançant de la hutte au cou de son oncle, si ce n'est que cela, je vais vous l'aller chercher tout de suite.

— Qu'est-ce que tu dis, est-ce qu'elle est ici? Il n'était pas besoin alors de me demander permission. Il me semble, mon garçon, que tu as agi bien légèrement.

— Je ne mérite point de reproches, cher oncle : quand vous saurez la fin de l'histoire vous verrez qu'il y a grand besoin de votre permission, et que Jeanne est grâce au ciel à l'abri, si le malheur veut que vous ne vouliez pas d'elle!

Il raconta alors comment le respectable curé s'était chargé

de la pauvre aveugle et avait déclaré qu'il garderait aussi
la petite Jeanne, si l'oncle de son élève ne pouvait pas s'en
charger !

—Eh que ne disais-tu donc cela tout de suite, mon
garçon ! allons, allons, n'en parlons plus, c'est une affaire
arrangée ; la petite viendra quand elle voudra ; certes nous
ne démentirons pas la bonne opinion que M. le curé a eue
de nous en pensant que nous nous chargerions de cet
enfant... Là, là, ne m'étouffez pas ! ne dirait-on pas que vous
aviez peur d'être refusés par moi ; je suis à mon aise, grâce
à Dieu, à mes bras, et à ma bonne ménagère ! Allons,
femmes, voilà un surcroît de besogne qui vous tombe, il
faudra tirer l'aiguille plus longtemps et plus vite, il faudra
mettre plus de pain au four et vous serrer davantage l'hiver
au coin du feu ; quand je dis l'hiver, je veux parler de
celui-ci, car pour ce qui est de l'autre... allons allons ! d'ici
là il y aura, comme dit mon frère, bien du poisson de séché
au soleil.

Pierre quitta son oncle, sa tante et Loubette le cœur bien
joyeux ; il ne fit qu'une course de la hutte au presbytère, le
bonheur rend si léger.

—On prendra Jeanne chez mon oncle, s'écria-t-il en se
jetant dans les bras du curé, on la prendra ; j'en étais bien
sûr, et demain je partirai avec François ! le bon Dieu me
sera encore propice.

La pauvre aveugle fut placée avec sa fille dans un bon lit
au lieu d'être encore couchée dans une grange sur un peu
de paille ; et l'on coucha son fils près d'elle sur une longue
bergère. La mère et les enfants s'endormirent après avoir
remercié Dieu. Et les anges du ciel étendirent leurs ailes,
sur eux et leur envoyèrent de doux songes.

Le lendemain Loubette et son père vinrent eux-mêmes
au presbytère ; ils trouvèrent la petite Jeanne ce qu'elle

était, une fort innocente enfant, et ils l'emmenèrent à la hutte; Jeanne pleura bien un peu en quittant sa mère; mais elle allait si près d'elle, et Loubette était si caressante, si gracieuse, que le sourire remplaça bien vite les pleurs. Elles n'étaient pas encore arrivées à la hutte, que déjà la petite Jeanne avait fait une ample connaissance avec Loubette, et l'appelait sa bonne amie.

Pendant ce temps Pierre *rappropriait* François de son mieux; il avait acheté une petite veste et un pantalon à une brave femme dont le fils était mort il y avait quelques mois; ses petites épargnes étaient toutes passées à cet achat. Mais il était plus joyeux que s'il les avait employées à se procurer de beaux vêtements pour lui-même. La joie de François fut bien grande quand il se vit si bien paré; il promena les mains de sa mère sur ses nouveaux habits, et la pauvre femme fut si ravie de savoir que son fils n'était plus en guenilles qu'elle supporta avec courage cette nouvelle séparation :

— Va, cher enfant, lui dit-elle, va avec ce brave petit monsieur; aime-le et respecte-le bien.

François pleura beaucoup en quittant sa mère; il était fort inquiet de savoir qui la conduirait par la main lorsqu'elle sortirait.

— Ce sera ma petite Bianca, s'écria Pierre; je vais la lui laisser, elle est douce comme un mouton et en lui attachant un ruban au cou, elle conduira ta mère à la hutte où est sa petite Jeanne.

Lorsque François fut rassuré sur ce point, qui l'occupait plus que le reste, il prit enfin son parti, et durant le petit voyage il fut gai et plein de prévenances pour son jeune bienfaiteur. Lorsqu'ils arrivèrent au bateau d'Émeriau, Pierre sentit son cœur battre bien fort, de joie d'abord, puis d'embarras. Enfin, prenant son parti, il dit à François de rester tranquille dans le canot et il sauta dans le bateau paternel. Sa mère et son père soupaient dans la cabane. Lorsque les premiers moments de joie furent passés, Pierre raconta l'histoire du vieillard et de la pauvre aveugle à peu près de la même manière qu'il l'avait racontée à sa tante et à son oncle. Et son père et sa mère s'attendrirent aussi et bénirent le fermier et le bon curé.

Mais quand Pierre arriva à l'instant où la pauvre famille se sépare, et où l'on s'aperçoit que l'on a oublié le petit François, que personne ne paraît vouloir recueillir, le père d'Émeriau ôta vivement de sa bouche sa pipe qu'il venait d'allumer, et s'écria :

— Mon enfant, si tu avais bien pensé, tu m'aurais amené ce gamin-là ; pauvre petit ! il eût été fort bien avec nous, ton lit est encore là, et il y a bien ici de quoi l'occuper, le nourrir et l'amuser.

— Hélas ! oui, reprit la mère, et le bateau est bien vide et bien triste depuis que nous ne t'avons plus.

Pierre venait de sauter de la cabane dans le bateau, du bateau dans le canot ; il avait pris François dans ses bras, et avant que son père eût eu le temps de lui crier : « où vas-tu ? » il lui avait jeté le petit François sur les genoux, en répétant trois ou quatre fois :

— Le voilà, père, le voilà, c'est le petit François ! le voilà, je savais bien que vous le recevriez, que vous lui apprendriez votre état.

— Tu ne perds pas de temps, mon garçon, s'écria Émeriau en riant, et tu mènes les affaires rondement ; il est gentil, ton petit François ; n'est-ce pas, ma femme ? tu étais tout comme cela à cet âge ; la vue de cet enfant me réjouit.

— Tu seras bon travailleur, François, n'est-ce pas ?

L'enfant fit signe de la tête que oui ! On le fit mettre à table, et toute la famille prolongea le repas jusqu'au

moment d'aller se coucher. Pierre resta plusieurs jours avec
ses parents, et lorsqu'il les quitta, le petit François commençait déjà à savoir étendre les filets et à mettre les poissons dans la case du bateau; tout le monde était content de
lui, et il en était si joyeux, qu'excepté le regret de ne pas
voir sa mère, il se trouvait fort heureux.

XI. — Pierre et Loubette.

Il y avait près de trois ans que Pierre était chez le curé;
il avait dix-sept ans, et Loubette en avait quatorze.

— Où est Loubette, mon oncle? s'écria-t-il un jour en
accourant tout essouflé à la hutte: je ne l'ai pas trouvée dans
la prairie où elle a toujours coutume de m'attendre avec la
petite Jeanne!

— Loubette vient de partir pour Olonne, mon ami : elle
y restera pensionnaire un ou deux ans, pour y faire sa première communion, s'instruire dans sa religion, apprendre
à bien écrire et à bien calculer; c'est notre brave curé qui
l'a voulu ainsi.

Pierre chancela à ces mots; l'idée de ne plus voir sa jeune
cousine, la compagne de tous ses jeux, l'amie de son enfance,
le troubla à tel point qu'il fondit en larmes, et, de retour
chez lui, s'enferma dans sa chambre, se coucha et ne put
dormir. Le lendemain le curé ne fit pas semblant de s'aper-
cevoir du chagrin de Pierre, qui, faisant effort sur lui-même,
se remit au travail avec plus d'ardeur que jamais. Il avait
fait de grands progrès dans tout ce qui lui avait été ensei-

gué; l'étude avait agrandi sa pensée et développé son rai-
sonnement. Il se demandait souvent quelle pouvait être la
main invisible qui, sous le nom de Providence, semblait
influer depuis si longtemps sur sa vie et s'étendre jusqu'aux
êtres qu'il aimait. Car depuis un an que la pauvre aveugle,
la petite Jeanne et le petit François avaient été recueillis
chez le bon curé, à la hutte et au bateau de son père, il
avait reçu trois petits sacs d'argent renfermant chacun cent
francs, et portant les étiquettes suivantes : *Pour acheter des
habillements à la pauvre aveugle; pour acheter des habits de
matelot au petit François; pour acheter de bons vêtements à
la petite Jeanne.*

Pierre sentait qu'on ne l'élevait pas pour redevenir un
pauvre et simple pêcheur; et cependant les goûts et les
occupations de son enfance étaient sans cesse pour lui un
sujet de regrets; il soupirait après le bateau paternel, et les
combats qu'il se livrait altéraient sa santé.

— Il faut choisir un état, mon ami, lui dit un matin le
bon curé, qui depuis longtemps l'observait d'un air inquiet.
Tu as aujourd'hui dix-neuf ans; voici près de cinq ans que
tu es avec moi : tes études sont terminées; il faut te
décider.

Pierre promit de donner sa réponse dans la soirée, et
comme il avait besoin d'air et de solitude, il sortit, éloignant
de lui jusqu'à Bianca, qui voulait le suivre et dont la gaieté
l'importunait.

Le temps était superbe; les oiseaux chantaient; des
milliers de fleurs nuançaient le gazon des plus riantes couleurs; tout était joie et bonheur autour du jeune homme,
lui seul restait étranger au charme d'une belle matinée du
mois de mai. Sombre et enfoncé dans les plus tristes
réflexions, il côtoyait les bords de la mer, enviant l'oiseau
qui rasait l'onde de ses ailes et pouvait aller où bon lui

semblait. Le souvenir de son père, de sa mère et du bateau, sa première et seule vraie patrie, gonflait son cœur de regrets et de larmes. Que lui faisaient la ville, la richesse et l'état social qu'on lui offrait! Tous ces biens pourraient-ils compenser le bonheur de vivre avec ses parents? Il avançait toujours et sans regarder souvent où il allait. Enfin, fatigué, ennuyé de marcher au hasard, il s'assit et promena ses regards autour de lui. Quelles furent sa surprise et son émotion en reconnaissant qu'il se trouvait dans le même lieu où, seul avec Loubette, assis dans son batelet, il avait prié le ciel de ne jamais le séparer d'elle!

— Oh! s'écria-t-il en se rappelant tous les moments qu'ils avaient passés ensemble, mon Dieu! vous nous avez abandonnés! O Loubette, Loubette!

Et laissant tomber sa tête sur sa poitrine, il pleura amèrement... Tout à coup des pas légers se font entendre, et une voix bien connue lui dit :

— Ne pleure plus, me voilà.

Il retourne vivement la tête et reconnaît Loubette : oui, c'était elle; mais comme elle avait grandi! comme ses traits s'étaient formés! ce n'était plus une enfant, c'était une jeune fille remplie de grâce et de timidité.

Tous deux s'examinaient en ne cessant de répéter :

— Que tu as grandi!

— Que te voilà grand!

Ils s'assirent et se racontèrent ce qui leur était arrivé durant leur longue séparation. Bianca, qui avait suivi Loubette après mille sauts joyeux, mille caresses, s'était endormie au pied des deux jeunes gens.

Loubette ne parlait plus comme une paysanne : elle s'exprimait bien, elle pouvait causer de beaucoup de choses dont auparavant son cousin ne pouvait pas lui parler, car elle ne l'aurait pas compris. Pierre était enchanté, et de temps en temps il s'écriait :

— Te voilà bien instruite à présent; j'espère qu'on ne nous séparera plus; j'ai mon plan arrêté; je veux suivre l'état de mon père. Je ne pourrais jamais m'habituer à la vie qu'on mène dans les grandes villes, et puis je ne veux point abandonner mon père et ma mère sur leurs vieux jours : j'emporterai des livres avec moi et je n'aurai jamais un moment d'ennui. Je vais donc aller trouver mon bon et cher instituteur, et je lui dirai que je te veux pour ma femme et qu'il faut qu'il nous marie; puis j'irai trouver mon père et ma mère, et je leur dirai : Au lieu d'un enfant vous en aurez deux pour soigner votre vieillesse : le veux-tu, Loubette?

Loubette répondit :

— Oui, je le veux bien.

Lorsqu'ils rentrèrent à la hutte le jour était avancé. Jeanne vint se jeter dans les bras de Loubette, et Pierre se rendit au presbytère. L'heure du souper était encore loin ; il n'eut pas le courage de l'attendre, et courut à la chambre du bon curé; il s'enferma avec lui, et, dans un discours sans suite, mais plein de chaleur et de reconnaissance pour les soins qu'il en avait reçus depuis cinq ans, il expliqua ses goûts, ses motifs, ses projets, la tendresse qu'il avait depuis l'enfance pour sa cousine, et finit par déclarer qu'il n'ambitionnait pas d'autre état que celui de pêcheur, et qu'il voulait vivre pour Loubette et pour ses parents.

Le curé l'écouta sans l'interrompre. Enfin, il prit la parole et lui représenta tout ce qu'il perdrait en renonçant à un état honorable. Il lui parla du rang élevé auquel il pourrait parvenir, et lui fit observer que la réflexion viendrait tôt ou tard le faire repentir de la vie obscure et laborieuse qu'il allait mener de nouveau. Pierre resta inébranlable.

— Vous le voyez, disait-il, je ne suis pas fait pour le monde, je m'y ennuie; le luxe au lieu de me plaire, me gêne et me fatigue; l'air des villes m'étouffe, celui de la mer est mon seul élément; je ne puis vivre que là! si je n'avais ni mon père, ni ma mère, ni Loubette, il n'y a qu'un état qui me conviendrait, ce serait celui de marin; mais il m'éloignerait de tous ceux que j'aime, tandis que celui de pêcheur me permettra de rester avec ma famille et de la rendre heureuse!

— Retourne donc près de ton père, mon enfant, répondit le bon curé en lui serrant la main. Je ne puis te blâmer, et peut-être dois-je au contraire t'approuver : car le bonheur est bien plus certain dans la solitude que dans le tumulte du monde. Les études que tu viens de faire seront pour toi une source continuelle de jouissances pures et variées; tu en sentiras mieux le néant de tout ce que les hommes appellent plaisirs et richesses! Le vrai riche, mon ami, est celui qui, n'ayant besoin que de peu de chose, trouve dans son travail l'argent nécessaire à son existence, et peut encore secourir quelques infortunés. Les villes sont remplies de riches pauvres; le luxe dont ils font parade épuise leur fortune, et ils sont plus malheureux souvent dans leur intérieur que les humbles ouvriers dont ils paient les travaux. Ton père, moi, et une autre personne, nous avons voulu savoir si l'orgueil et la soif des honneurs t'éblouiraient assez pour te faire quitter la profession de ton enfance, et renoncer à tes vieux parents, pour aller vivre parmi des hommes qui se rappelleraient toujours ton premier état, et ne comprendraient ni ta franchise, ni ta sauvage indépendance. Retourne au bateau paternel; je puis t'assurer que tes parents consentiront à ton mariage; mais Loubette est encore bien jeune : laissons le temps de grandir à la petite Jeanne, afin qu'elle puisse un peu remplacer Loubette dans la hutte de ton oncle.

Pierre se sépara de son digne instituteur, non sans beaucoup de larmes; il alla faire ses adieux à son oncle, à sa
tante, à Loubette, et il obtint de son oncle la promesse que
son mariage se ferait aux fêtes de Pâques.

La joie d'Émeriau et de sa femme fut inexprimable en
voyant leur fils venir se fixer près d'eux pour ne plus les
quitter.

— Que le ciel soit béni, disait le père, tu as compris que
le bonheur t'attendait ici bien plus que dans les villes !

Et le bon vieillard se sentait rajeunir en contemplant son
fils et en le voyant reprendre son fusil et ses filets, comme
s'il ne les avait jamais quittés.

XII. — L'Étranger.

Les dix mois qu'il fallait passer pour arriver aux fêtes de
Pâques s'écoulèrent en joyeux préparatifs; et quand le
grand jour fut venu, Pierre et Émeriau firent prendre le
large au bateau et voguèrent à la rencontre de Loubette et
de ses parents. Pendant ce temps, un bon dîner se préparait dans la cabane; le petit François tournait la broche et
secondait la femme d'Émeriau avec zèle et intelligence. Le
meilleur poisson, le meilleur gibier avaient été réservés
pour ce joyeux festin; on n'avait invité que la famille, et le
repas était la seule fête qu'on eût voulu se permettre.

Quel fut donc l'étonnement général, lorsqu'à l'instant où
le bateau entrait dans les canaux des marais, non loin de la
hutte du père de Loubette, une foule de jolies petites

barques, décorées de guirlandes, de lierre et de rubans
de mille couleurs, parurent de tous les côtés ; elles étaient
remplies des Colliberts des environs, vêtus de leurs
habits de fête : ils remplissaient l'air de leurs chants et du
bruit aigu, mais joyeux, des rôses et des cornemuses.
Pierre toucha le rivage et reçut dans ses bras Loubette et
ses parents qui l'attendaient sous une tente, au bord de la
prairie la plus voisine de l'église.

La noce se mit en marche ; la femme d'Émeriau et le
petit François avaient quitté un moment la cuisine pour se
mêler au cortége, dont la petite Jeanne et jusqu'à la pauvre
aveugle faisaient partie. Mais cette fois, Bianca ne conduisait pas l'aveugle : François, tout fier et tout joyeux, avait
saisi la main de sa mère, et la guidait vers l'église en lui
expliquant la manière dont chaque personne était mise, et
en tâchant de lui faire voir par ses yeux ce qu'elle ne pouvait plus voir par les siens.

Loubette avait une jupe de drap bleu, un corset de
velours noir, un tablier de mousseline brodé, une belle croix
d'or ; les barbes de sa coiffe, au lieu d'être relevées comme
de coutume sur la pointe de taffetas blanc qui terminait
cette coiffe, retombaient sur ses épaules, comme un long
voile, flottantes et légères. Émeriau lui donnait la main ;
Pierre suivait avec la mère de Loubette, et son oncle et sa
mère venaient après eux ; puis venaient encore l'aveugle,
François, Jeanne et Madeleine, qui s'était attachée à la
pauvre femme et à ses enfants.

Lorsque la cérémonie fut achevée et que la troupe joyeuse
eut regagné le bateau d'Émeriau, la surprise de Pierre fut
extrême en apercevant un autre bateau pêcheur, beaucoup
plus grand que celui de son père, et nouvellement peint ! On
y lisait en grosses lettres rouges, tracées sur la cabane :
La Providence! C'était son nom. De superbes filets de toute

espèce se trouvaient étendus sur le siége de la proue, et une large voile était pliée au mât.

— Oh! le joli bateau! s'écrièrent Pierre et Loubette, pourquoi n'y a-t-il personne à bord?

— Montez-y, mes enfants, leur dit le curé en les prenant par la main.

Ils y sautèrent gaiement, aidèrent le vieillard à les suivre, et ils entrèrent tous trois dans la cabane; elle était meublée à neuf..... Mais ce qui fixa toute l'attention des deux jeunes gens, ce fut le même homme au manteau brun, que Pierre avait aperçu le premier jour de son installation chez le curé. L'étranger était assis; il se leva, ôta son chapeau, et, regardant Pierre avec un sourire plein de bienveillance, il lui dit :

— Pierre, ne me reconnaissez-vous pas et ne vous rappelez-vous plus cet étranger que vous aidâtes si généreusement à sauver des eaux de la Sèvre, il y a bientôt dix ans?

— Je sais le reste, Monsieur, je sais le reste, s'écria Pierre, en couvrant de baisers la main de l'inconnu : c'est vous qui êtes cette providence attachée à tous mes pas, c'est vous, Monsieur!... oh! dites-le... dites que c'est vous?

Pierre était hors de lui, il pressait le bon curé sur son cœur en répétant mille fois :

— Vous saviez tout, et vous me le cachiez!

Puis, des bras du curé, il passait dans ceux de son bienfaiteur. Loubette partageait sa joie et son bonheur... Les deux familles venaient d'entrer dans le bateau.

— Venez, mon père, disait Pierre, le serrant dans ses bras; venez, ma mère! voici notre bienfaiteur, vous le reconnaissez, n'est-ce pas? et attirant son oncle vers l'étranger : Tenez, mon oncle, voilà celui à qui nous devons tout, c'est lui, c'est ce Monsieur... L'argent que je vous portai, l'instruction que j'ai reçue, ma nacelle, mes habits, ceux de

Loubelle, ce bateau si riche et si grand... c'est lui, lui qui a
tout fait ! et cette fête... ah ! c'est encore lui ; eh ! mon Dieu !
rien n'y manque, s'écria-t-il en apercevant sur une des
petites barques toute la famille du fermier chez lequel il
avait rencontré la pauvre aveugle. Le vieillard et le petit
Jean sont au milieu d'eux : et voilà François qui y conduit
sa mère et sa petite sœur ! ô comme ils s'embrassent, comme
ils sont heureux !

— Pas autant que moi, s'écria le généreux étranger en
serrant Pierre dans ses bras : voilà le plus beau jour de ma
vie ! oui, mon ami, oui, c'est moi qui ai sans cesse veillé sur
vous ; et, essuyant une larme, il ajouta en tendant la main
à Émerian... Mais qu'est-ce que cela auprès de ce que je vous
dois ! Vous aviez refusé ce que la reconnaissance me faisait
désirer de faire pour vous ; j'ai voulu vous payer à votre insu
une faible partie de la dette que j'ai contractée envers vous.
Je ne suis point la Providence, mais j'en suis l'instrument ;
car Dieu a permis tout ceci en me faisant connaître votre
respectable curé : c'est de concert avec lui et par ses con-
seils que j'ai toujours agi. Je savais par lui, mon jeune ami,
que l'on vous destinait Loubette pour femme, et dès lors
mon cœur l'a adoptée, comme il vous avait adopté. Je suis
riche, je n'ai pas d'enfants : j'ai désiré vous donner de
l'instruction à tous deux, afin que vous puissiez suivre vos
penchants et vos goûts sans y être forcés. Vous pouviez
embrasser un autre état, vous faire une autre existence dans
le monde ; vous avez préféré la vie obscure de vos pères,
vous y revenez par conviction et non parce qu'il le faut :
vous serez heureux, mes enfants. Et maintenant ne parlons
plus du passé, et regardez-moi seulement comme votre
meilleur ami.

Le bateau de votre père est trop petit pour deux ménages,
surtout depuis que le petit François est venu augmenter la

famille; le bateau où nous sommes est plus grand et plus commode, il est à vous : c'est votre présent de noces; vivez heureux! M. le curé et moi nous viendrons vous visiter quelquefois; et lorsque vous vous dirigerez du côté de Niort ma maison vous sera toujours ouverte comme mes bras!

Le repas de noce fut gai et les convives étaient nombreux; il dura presque toute la journée; et lorsque l'étranger partit, il emporta les bénédictions des deux familles et de tous les Colliberts.

Plus de trente ans se sont écoulés depuis cette époque; Émeriau et son fils ont longtemps navigué dans leurs bateaux, l'un à côté de l'autre; ils ont étendu leur commerce et sont devenus les plus riches pêcheurs du pays.

Mais le temps a apporté avec lui la mort et la vieillesse.

L'étranger, le bon curé, le vieillard, l'aveugle, les parents de Pierre et de Loubette, tout cela n'existe plus.

Pierre a cessé de naviguer il y a environ quinze ans; la santé de sa femme souffrait depuis qu'elle habitait continuellement sur l'eau. Il a renoncé à son état favori pour ne pas quitter sa femme, et il a acheté une jolie petite maison aux environs d'Olonne; il y vit heureux avec sa famille et ses livres; Jeanne n'a pas voulu se séparer de Loubette; elle l'aide à élever ses enfants; Pierre a donné à François le beau bateau de l'étranger, mais il conserve celui de son père, et le montre souvent à ses fils, en leur disant :

— J'espère bien que l'un de vous n'aura pas d'autre état que celui auquel je dois tout mon bonheur!

Les Colliberts sont une classe d'hommes tout à fait inconnus en France, et pourtant ils habitent encore une grande partie des rivages qui sont vers les sables d'Olonne. Ils ont conservé leurs costumes, leurs usages, leur vie indépendante, et c'est à peine s'ils se sont ressentis des prétendus progrès de notre sorte de civilisation.

AUGUSTE

ou

LE CHOIX D'UN ÉTAT

I. — Les Grimaces.

— Mes chers enfants, vous aimez trop les contes; je ne puis suffire à remplir nos longues soirées d'hiver : j'ai épuisé tout ce que j'avais recueilli, tout ce que ma mémoire avait mis en réserve pour vous.

— Et notre bonne, cher papa, s'écria un petit garçon de dix ans, notre bonne! elle dit qu'elle en sait de fort beaux; pourquoi ne voulez-vous pas qu'elle nous les dise?

— Parce qu'à votre âge, mes enfants, les contes ont une grande influence sur la direction de l'esprit et du cœur; vous n'êtes plus assez jeunes pour qu'on berce votre imagination endormie des merveilles de la féerie, et vous êtes trop enfants encore pour qu'on vous puisse expliquer toute la philosophie qui se cache souvent sous les écrits fabuleux. Il faut, à votre âge, de ces histoires qui parlent au cœur et à la raison, qui amusent vos loisirs et développent en même temps ce qu'il y a de bon en vous.

Les contes de revenants forment d'ordinaire le grand fond du magasin d'histoires que les bonnes aiment à

raconter. Ces histoires sont bien belles, direz-vous : on
frissonne même en y pensant !... Et vraiment, mes petits
amis, voilà, selon moi, le plus dangereux moyen de s'amuser; je connais des enfants qui n'osent pas aller d'une chambre dans l'autre sans lumière; j'en connais qui tressaillent
au moindre bruit, au moindre pas, faisant mouvoir devant
eux leur ombre, qui leur apparaît tout à coup sous la forme
d'un fantôme.

— Ah! par exemple! avoir peur de son ombre! s'écria
Auguste en relevant la tête avec un air si décidé, que ses
deux sœurs éclatèrent de rire.

— Voyez-vous ce petit homme de dix ans, qui n'a pas
peur de son ombre! reprirent-elles en riant.

— Je n'ai peur de rien, mesdemoiselles! et Auguste leur
jeta un regard presque courroucé.

— Pourquoi donc ne veux-tu jamais aller te coucher
seul, et pourquoi faut-il, depuis quelque temps, que notre
bonne allume une veilleuse dans ta chambre?

— Fi! que c'est vilain, mesdemoiselles, d'avoir remarqué
cela, et de le dire, pour qu'on gronde Fifine! Je n'ai pas
peur; et de quoi aurais-je peur? si on allume une veilleuse, c'est parce que je m'ennuie quand je n'y vois pas.

— Viens ici, Auguste; et M. Dorigny attira l'enfant sur
ses genoux. Tu dis que tu t'ennuies quand tu n'y vois pas :
allons, sois franc, Joséphine t'aura raconté quelque histoire
de revenants ou de voleurs.

— Mon Dieu non, papa; Fifine ne m'a jamais rien conté,
elle dit que vous le lui avez défendu; seulement elle m'a
lu il y a quinze jours un livre, oh! un beau livre, qui m'a
bien amusé! et depuis ce temps-là j'y ai tant songé, que, ne
pouvant plus m'endormir à force d'y penser, j'ai demandé
de la lumière pour y voir clair : c'est si ennuyeux de ne
rien voir!

— Et qu'est-ce que c'est que ce livre, mon enfant? reprit M. Doriguy.

— Oh! elle m'a bien défendu de le dire : c'est un livre qu'on lui a prêté en cachette.

— Dis toujours, je ne la gronderai pas.

— Eh bien! c'est un livre qui a une couverture verte et qui est gros comme ma géographie.

— Je ne te demande pas de quelle couleur et de quelle grandeur est ce livre : je te demande comment il s'appelle.

— Ah! je ne le sais pas; Fifine ne m'en a point laissé voir le titre.

— Te rappelles-tu des histoires que Joséphine t'a lues dans ce livre?

— Oh! pour cela oui!

— Eh bien! conte-nous-en une.

— Oui, conte-nous-en une! Et les deux jeunes filles se pressèrent autour de leur frère.

— Voyez-vous les curieuses! s'écria Auguste, elles se moquent de moi, et elles veulent entendre les histoires!... C'est bon pour un homme, papa, ajouta l'enfant en reprenant son air martial : voilà pourquoi Fifine me les a lues; mais pour des femmes, cela ne servirait qu'à les effrayer.

— Oh! nous sommes braves! est-il drôle, Auguste; un homme! un homme de dix ans! Tu oublies que Laure a treize ans et que moi j'en ai douze! Allons, conte, puisque papa l'a dit.

— C'est que c'est vrai, voyez-vous! Fifine dit que cela se voit souvent..... « Il y avait une fois un petit garçon, un tout petit garçon! il n'avait que sept ans; ils s'appelait Henri, et il avait un frère qui s'appelait Ernest; celui-là avait dix ans. Ils couchaient tous les deux dans la même chambre, une grande chambre qui avait une tapisserie

jaune et bleue, avec de grands tableaux; et leur papa et
leur maman couchaient dans une autre chambre tout à
côté. Le petit Henri était fort doux et fort obéissant; il priait
Dieu tous les soirs et tous les matins, et il dormait aussitôt
qu'il était couché. Ernest, au contraire, oubliait souvent sa
prière; il riait de tout, même de ce qu'il devait le plus
respecter, et il avait toujours coutume, avant de s'endormir, de faire la grimace à un des portraits, qui se trouvait
placé en face de son lit. Ce portrait représentait son grand-
oncle; il était poudré à blanc, avec une perruque qui avait
une longue queue, et il était laid... laid comme je ne sais
quoi.

— Fi donc! Auguste, il ne faut pas dire cela, interrompit
Laure.

— Va toujours, reprit Amélie, cela commence à m'a-
muser.

— Je ne sais plus où j'en suis... Papa, dites donc à Laure
de ne plus m'interrompre; parce qu'elle a treize ans, elle
se croit toujours le droit de me réprimander; c'est bête
comme tout... J'en étais... oui, je disais que le portrait était
bien laid; il avait un air méchant, et on aurait dit qu'il
allait ouvrir la bouche pour gronder. *Bonsoir vilain*, lui
disait Ernest tous les soirs; et il lui faisait une grimace...
tiens, Laure, une grimace comme cela : et Auguste se mit
à tirer la langue à sa sœur.

— Prends garde à toi! s'écria Laure en le menaçant du
doigt, moitié en riant, moitié fâchée : tu seras puni comme
Ernest, car je devine bien qu'il paiera ses grimaces.

— Tais-toi, Laure, ne dis pas cela; et Auguste devint
tout à coup très-sérieux.

— Qu'est-ce qui t'empêche de continuer, mon enfant, reprit
M. Dorigny en lui donnant une petite tape sur la joue.

— Laure l'interrompt toujours, se hâta d'ajouter Amélie ·
allons, Auguste, écote, conte donc.

— Est-ce qu'on ne va pas allumer la lampe, papa? voilà
qu'on commence à n'y plus voir.

— Est-ce que tu as besoin d'y voir pour parler?

— Non, papa, mais...

— Mais tu as peur! s'écria Laure en éclatant de rire.

— Peur! elle n'a que ce mot à la bouche; et de quoi voulez-vous que j'aie peur? Papa, elle me taquine toujours!...
Faut-il sonner Joseph? on n'y voit presque plus.

— Tout à l'heure, mon enfant; continue l'histoire
d'Ernest, elle m'intéresse. Eh bien! tu disais qu'il faisait des
grimaces au portrait de son grand-oncle...

— Oui, papa, reprit Auguste, dont le son de voix n'était
plus aussi assuré; il faisait des grimaces, et Henri lui disait
que le bon Dieu le punirait d'être sans respect pour sa
famille et pour les morts; mais Ernest se moquait de son
frère et l'appelait poltron.

— Un soir... Ici, Auguste s'arrêta, et son père sentit qu'il
se serrait involontairement contre lui.

— Eh bien! Auguste : un soir, reprit M. Dorigny en
souriant.

— Eh bien! papa, un soir... Et l'enfant s'arrêta encore.

— Sonne Joseph : je vois que nous n'aurions pas la fin de
l'histoire.

Joseph alluma sur la cheminée deux lampes dont les
épais garde-vues ne laissaient pénétrer qu'une douce et
vague clarté.

— Tu n'as plus peur à présent, dit Laure en lui tirant
une oreille, joyeuse privauté qu'en sa qualité de sœur aînée
elle se permettait souvent.

— C'est toi qui auras peur tout à l'heure, méchante, et ce
sera bien fait; vois si Amélie est taquine comme toi; laisse-

moi tranquille, je n'ai pas envie de rire : papa, je vous en prie, dites-lui de finir.

— Allons, mes enfants, la paix, la paix! Laure abuse peut-être de son titre de sœur aînée; mais toi, Auguste, tu n'entends pas la plaisanterie; tu fais la moue quand tu devrais rire, et tu oublies toujours que, même avec tes sœurs, il faut être doux et poli, parce que l'homme doit des égards à la femme, à tout âge, en toute circonstance.

— Ah bien! par exemple, si Laure me tire l'oreille, faut-il l'en remercier ou l'embrasser? Certainement, papa, vous êtes trop juste pour vouloir cela, et j'aime bien mieux lui tirer l'oreille aussi.

— Tu es un petit espiègle, tais-toi, et finis ton conte. Amélie, en disant cela, embrassait son frère.

— Oh! toi, je t'aime bien, tu ne fais pas la dame : et Auguste l'embrassa. Tenez, cher papa, j'ai beaucoup d'égards pour Amélie; je ne lui fais jamais de malices, et je l'aide souvent à arroser son jardin, à soigner ses oiseaux; quelquefois même je lui sers de dévidoire quand elle a des écheveaux de laine à pelotonner.

— Voilà de fort beaux traits, mon petit ami, et je te promets qu'on ne t'interrompra plus.

— Je ne sais pas d'où j'en étais... Ah! je disais qu'Ernest... non, j'ai dit cela... Ah! m'y voici. »

———

II. — Le Portrait qui marche.

« Un soir, Henri faisait sa prière, et on avait allumé la veilleuse; c'était la seule lumière que le domestique leur eût laissée, en leur recommandant bien de s'endormir aussitôt leur prière faite. Mais Ernest, au lieu de prier, faisait la culbute sur son lit, et empêchait Henri de prier lui-même. Lorsque Henri fut couché, il se mit à regarder les grands portraits, et il leur souhaita le bonsoir, d'une voix douce et caressante lorsqu'il regardait les uns, et d'une voix craintive lorsqu'il regardait les autres. — Tu es bon enfant, lui dit Ernest, est-ce que tu crois qu'ils t'entendent? — Oui, reprit Henri : maman dit souvent que les parents veillent du haut du ciel sur leurs enfants; puisqu'ils nous voient, ils doivent nous entendre. — Eh bien ! s'ils nous entendent, ils doivent bien rire, car nous disons de fameuses bêtises, moi surtout ! Allons, ne sois pas timide comme une fille; regarde et fais comme moi; n'aie pas peur ! s'ils nous voyaient, ils nous le rendraient bien. Ernest s'assit sur son séant et se mit à saluer tous les portraits; mais d'un air si moqueur, que le petit Henri, au lieu de rire, avait envie de pleurer. Fi ! que c'est mal ! lui disait-il; le bon Dieu te punira. Oh ! que tu es laid ! oh ! l'épouvantable grimace ! Et Henri, tout effrayé, se cacha la tête sous sa couverture; au même instant la veilleuse s'éteignit ! et... »

Auguste s'arrêta tout court; il regarda les deux lampes, et un grand portrait placé au-dessus d'une commode.

— En bien! après, s'écrièrent Laure et Amélie : c'est toi qui t'interrompt cette fois.

— Fifine, reprit Auguste en tâchant de ne pas trembler, lorsqu'elle est arrivée à cet endroit-là, s'est arrêtée aussi . je crois qu'elle avait peur... mais je n'ai pas peur, moi! et je vais continuer. Si bien donc que tout à coup la veilleuse s'éteignit, et un léger bruit se fit entendre; c'était comme quelque chose qui glisse le long du mur, et se laisse tomber par terre!

— Ah! mon Dieu! s'écria Amélie en se rapprochant de sa sœur.

— Je savais bien, reprit Auguste, que cela te ferait peur! juge de la frayeur d'Ernest! ses cheveux se dressèrent sur sa tête, son cœur battit bien fort, et il voulut se coucher et se cacher, comme Henri, sous la couverture; mais ses mains tremblaient, et jamais il ne put trouver l'entrée de son lit. Il était au pied, qu'il se croyait à la tête, et faisait de vains efforts pour entr'ouvrir la couverture et se glisser dans ses draps. Cependant il entendait marcher comme quelqu'un qui serait venu droit à lui, mais ce n'était point précisément des pas; cela ressemblait à quelque chose qu'on pousse, et qui frôle le parquet en glissant dessus tout doucement. Ernest avait caché sa tête dans ses mains, quoique l'obscurité fût bien grande, quand voilà que tout à coup il entend distinctement ces mots : *Regarde-moi!*... Et malgré lui il écarte ses doigts et reste immobile, les yeux fixes et la bouche ouverte : il voulut crier pour appeler son papa et sa maman, et il ne le put pas, tant la peur lui ôtait la respiration...

— Mais qu'est-ce donc qu'il voyait? dis-le donc vite! s'écria Laure à son tour.

— Ce qu'il voyait? reprit Auguste en grossissant sa voix. qui faiblissait malgré lui; il voyait... il voyait le portrait!...

Oui, le grand portrait de son oncle s'était laissé tomber de son clou par terre, et il était allé droit au lit d'Ernest. Ce portrait était affreux à regarder : ses yeux lançaient des flammes qui éclairaient toute la chambre, et sa bouche faisait une effroyable grimace!...

—O mon Dieu!... Et Amélie se rapprocha encore plus près de sa sœur et de son père.

—Oui, continua Auguste, le portrait faisait une effroyable grimace, et Ernest tremblait de tous ses membres; ses dents claquaient, et il cherchait à se mettre à genoux pour demander pardon à son grand-oncle : car il était bien sûr que c'était son grand-oncle qui se trouvait là, devant lui, terrible, menaçant, puisque les yeux remuaient et que la bouche lui rendait ses grimaces.

—*Vous repentez-vous, méchant enfant?* dit tout a coup une grosse voix.

—Oui, oui! balbutia Ernest; grâce! grâce! je ne le ferai plus jamais!

« Tout rentra alors dans l'obscurité, et Ernest entendit le tableau retourner à sa place et remonter le long du mur... il l'entendit comme je vous vois... Rassemblant toutes ses forces, il appela son papa à son secours : lorsque celui-ci fut près d'Ernest, il le trouva aussi pâle que s'il venait de faire une maladie, et le pauvre enfant pouvait à peine parler. Il raconta pourtant ce qui venait de lui arriver, il fut bien obligé, avant d'en venir à la frayeur qu'il venait d'avoir, d'avouer toutes ses méchancetés. Mais son père, au lieu de le plaindre, lui dit que c'était une punition du bon Dieu.

« Depuis ce temps-là, Ernest n'a plus dit de sottises aux portraits, mais il ne peut plus s'endormir sans entendre une grosse voix qui lui dit : *Regarde-moi!*

— N'est-ce pas que c'est bien affreux, papa, ajouta

Auguste en tressaillant, et que ces histoires-là ne sont pas
bonnes pour de petites filles?

— Ni pour de petits garçons, mon ami; comment peux-
tu croire qu'un portrait parle et marche?

— Fifine dit que cela s'est vu souvent, et que dans les
vieux châteaux...

— Vraiment, tu m'as l'air d'être, grâce à Joséphine, fort
au courant des absurdes récits que j'éloigne de vous le plus
que je puis. Elle n'a pas osé faire de semblables contes à
tes sœurs; elle a pensé que tu serais plus crédule qu'elles.

— Comment, papa, vous ne croyez point...

— Ne vois-tu pas, mon cher enfant, que l'on s'amuse à
faire ces contes, et qu'on cherche à gagner de l'argent avec
les livres qui renferment ces sottes histoires! Tu auras beau
me dire que tu as écouté celle-ci sans trembler, je ne te
croirai pas; ta bonne a voulu exercer sur toi l'empire de la
peur, et s'amuser de l'effroi qu'elle te causerait.

— Mais, papa, vous ne croyez donc pas?...

— Non, mon ami; et cependant le fond de cette histoire
est vrai, et je vais t'en conter la fin.

— Quoi! papa! s'écrièrent les trois enfants, vous connaissez cette histoire!

— Oui, mes enfants, et j'ai de bonnes raisons pour cela :
Joséphine ne t'a lu que la partie la plus effrayante; tu vas
voir, mon cher Auguste, qu'il n'y a rien de merveilleux
dans la manière dont ce portrait savait marcher, éclairer la
chambre, parler et faire la grimace.

III. — Le vieux Jérôme.

Lorsque les trois enfants de M. Dorigny se furent groupés bien près de lui, ce bon père acheva ainsi l'*Histoire du Portrait qui marche.*

« Il y avait, chez le papa d'Henri et d'Ernest, un vieux domestique fort attaché à la famille. Il avait vu naître les deux enfants ; et quoiqu'il fût doux et bon pour eux, il ne les gâtait pas et savait fort bien les réprimander quand ils faisaient mal. Henri l'écoutait toujours ; mais Ernest, ne pouvant vaincre sa turbulance et son espièglerie, qui l'emportaient souvent sur son bon cœur, envoyait promener Jérôme, se moquait de lui, et inventait une foule de malices pour se venger de ce qu'il appelait sa surveillance.

» Jérôme aimait Ernest, mais bien moins qu'il n'aimait Henri ; et comme il avait été souvent témoin des grimaces qu'Ernest faisait au portrait de son oncle, il l'avait vivement réprimandé, lui faisant observer avec raison que le plus grand respect devait s'attacher à la vieillesse ; et que les vivants, au lieu de se moquer des morts, devaient avoir un culte pour eux.

» A toutes ces choses, qu'Henri, quoique plus jeune de deux ans, comprenait parfaitement, Ernest répondait par de nouvelles grimaces et de fort mauvaises plaisanteries.

» Le vieux domestique, indigné de ce qu'il appelait à tort le mauvais cœur de cet enfant, résolut de le punir de manière à lui faire sentir ses fautes, et à l'empêcher de

jamais recommencer. Jérôme avait plus d'imagination que
d'éloquence ; il eut recours pour cela à une espèce de fan-
tasmagorie. Il découpa adroitement la bouche et les yeux
du portrait, de façon à pouvoir les soulever comme des couvercles de tabatières.

» On aurait dit qu'Ernest courait comme à plaisir au-
devant de l'effrayante punition que Jérôme lui préparait ; car
si quelque chose peut excuser ce bon vieillard d'avoir per-
sisté dans son imprudent projet, c'est la conduite que tint
Ernest avec lui pendant les deux ou trois jours où Jérôme
hésitait entre demander son compte ou donner la terrible
leçon. Il y avait fort longtemps que ce brave homme patien-
tait dans la maison par attachement pour ses maîtres et
pour son petit Henri ; car Ernest lui rendait la vie fort dure,
et il ne voulait pas s'en plaindre, de peur de le faire punir
trop sévèrement. C'était lui qui aidait les enfants à se
déshabiller, et pendant les deux soirées qui précédèrent
celle où Ernest crut entendre la terrible voix du portrait,
il fut sans pitié pour Jérôme, le faisant courir tout autour
de la chambre, ne voulant pas se déshabiller, soufflant la
lumière, montant sur son dos, lui tirant les oreilles et l'appelant vieux bonhomme, sans jamais faire succéder à toutes
ces malices un mot aimable, une caresse. Ah ! vraiment,
mes chers enfants, Ernest était un démon de turbulence et
de malice ! mais il s'est bien corrigé depuis. »

— Vous l'avez donc connu, papa ?

— Oui, mes enfants, je l'ai beaucoup connu, et vous le
connaissez aussi.

— Nous le connaissons ! s'écrièrent-ils tous trois à la fois ;
oh ! que c'est drôle !

« Jérôme, mes chers amis, couchait au-dessus de l'appartement de ses maîtres, et il y avait un escalier dérobé qui
conduisait de sa chambre à une petite porte donnant dans

la chambre des enfants. Il parvient à huiler si bien la serrure
et les gonds de cette porte, qu'elle s'ouvrait sans faire aucun
bruit.

» Le soir même où il avait tout disposé pour donner à
Ernest ce qu'il appelait *une bonne leçon*, il prit Henri à part,
et lui dit : « Le bon Dieu punira ton frère : mais toi, mon
cher enfant, il te bénira, car tu es doux et bon. N'aies donc
pas peur si tu vois cette nuit ton grand-oncle revenir de
l'autre monde pour châtier Ernest. »

» C'était fort mal à Jérôme, mes enfants, de dire de semblables choses au petit Henri ; il savait fort bien que les
morts ne reviennent point ; mais il n'avait reçu aucune éducation, et ne prévoyait pas les suites qu'aurait pu avoir une
pareille correction. Il cherchait à prévenir Henri pour qu'il
n'eût pas peur, ne voulant pas, pensait-il, punir l'innocent
comme le coupable, et il s'y prenait, comme vous le voyez,
bien maladroitement. Son ignorance, et tout ce qu'il avait à
souffrir d'Ernest, peuvent seuls l'excuser un peu.

» Jérôme mit fort peu d'huile dans la veilleuse, et lorsque
les deux enfants furent déshabillés, il monta dans sa
chambre.

» Comme il l'avait prévu, la veilleuse ne fut pas longtemps à s'éteindre. Jérôme ouvrit alors doucement la porte ;
il cachait une lanterne sourde ; il décrocha le tableau, et,
se plaçant derrière lui, il le fit glisser jusqu'au lit d'Ernest.
Le bruit que faisait le tableau en glissant empêchait que
l'on entendît celui de ses pas ; lorsqu'il fut près du lit, il
souleva la toile à l'endroit où se trouvaient les deux yeux,
et dirigea tout à coup la lumière de sa lanterne sourde vers
ces deux trous. Ernest, dans sa frayeur, crut voir des flammes sortir de ces yeux, et ce fut cette vive clarté qui éclaira
non-seulement le portrait, mais encore la chambre. Il appli-
qua en même temps sa bouche à la place de la bouche du

portrait, qu'il avait découpée comme les yeux, et fit à Ernest l'épouvantable grimace dont tu ne nous as parlé qu'en tremblant. Ce fut sa voix qui dit ces mots si effrayants: *Regarde-moi !*

Vous repentez-vous, méchant enfant? Comprends-tu à présent, Auguste?...

— Oh! oui, papa, je comprends bien; mais je n'aurais jamais deviné une chose comme celle-là.

— Tu aimais mieux croire qu'un portrait marchait et parlait !

— Non, papa : je crois que je ne croyais rien; seulement cela m'occupait beaucoup, et j'en rêvais toutes les nuits : cela était si étonnant! si merveilleux!

— Et c'est là le mal, mon ami; le merveilleux attache, captive; à ton âge on ne raisonne rien et on ajoute foi à tout. Les histoires de revenants sont aussi faciles à expliquer que celle de ce portrait. Les morts ne reviennent point; il ne faut avoir peur que d'une seule chose dans ce monde, *c'est de mal faire!* Lorsqu'un enfant est sage et obéissant, il n'a jamais rien à craindre; ses parents et le bon Dieu veillent sur lui le jour et la nuit.

— C'était tout de même fort mal à Jérôme, reprit Auguste, qui paraissait livré à de graves réflexions.

— Oui, mon enfant, cela était fort mal, et il fut sévèrement réprimandé par ses maîtres, si bien que le pauvre homme eut lui-même un si grand regret de ce qu'il avait fait, qu'il tomba malade et resta au lit fort longtemps. Ce fut alors qu'il put voir que, si Ernest avait de grands défauts, son cœur du moins n'était pas méchant. Henri ne fut pas plus attentif près de lui pendant sa maladie que ne le fut Ernest; le pauvre enfant avait bien perdu de son espièglerie; l'effroi qu'il avait ressenti avait changé entièrement son caractère; de brave et d'imprudent qu'il était auparavant, il était devenu poltron et sérieux; il ne jouait plus le soir, et il ne regardait jamais les portraits sans qu'un tremblement ne le saisît; sa mère fut obligée de le changer de chambre. Lorsque Jérôme se trouva guéri, il s'attacha profondément à Ernest, et tâcha, par mille petites complaisances, de réparer le mal qu'il avait fait. Sa reconnaissance pour les soins qu'il avait reçus d'Ernest était d'autant plus vive qu'il s'était attendu à devenir pour cet enfant un objet d'aversion; car, dans l'espoir de le guérir de ses frayeurs, les parents d'Ernest lui avaient expliqué comment Jérôme s'y était pris pour faire marcher le portrait.

— Mais, papa, interrompit Laure, comment savez-vous tout cela? vous y étiez donc! ou on vous l'a raconté bien des fois?

— J'y étais, ma fille; car cette histoire est la mienne et celle de mon frère.

— O mon Dieu! s'écrièrent les enfants, vous êtes donc le petit Henri? car notre oncle est l'aîné.

— Oui, mes petits amis, je suis, ou du moins j'étais le petit Henri, qui se cachait si bien sous ses couvertures; et je puis vous assurer que mon père, lorsqu'il vint au secours de mon frère, qui était presque évanoui, ne songea qu'à calmer sa frayeur, et ne lui dit point que c'était une punition du bon Dieu.

— Mais, papa, comment Fifine a-t-elle lu cette histoire dans un livre?

— Cette aventure fit beaucoup de bruit, ma chère Laure; on en parla longtemps; chacun l'augmenta, la varia à sa façon; elle sera arrivée ainsi défigurée à quelque auteur qui s'en sera emparé.

— Fifine ne se doute guère de cela, par exemple; mon Dieu, que c'est drôle! comment, vous étiez Henri, et mon

6

oncle, c'était Ernest, Ernest le tapageur, le désobéissant!
Il est si bon, si doux à présent, mon oncle!

— Il a compris avec l'âge que le seul moyen de se faire
aimer, c'était d'aimer, et de ne faire de mal à personne : à
quatorze ans, mon cher Auguste, il faisait déjà la gloire et
le bonheur de notre famille!

— Ah bien! voilà qui est fini, papa, je ne demanderai
plus de veilleuse la nuit; je me coucherai tout seul! — Et
Auguste se mit à sauter en battant de joyeux entrechats;
on voyait qu'il avait un grand poids de moins sur le cœur.

— Et Jérôme, dirent les deux jeunes filles, qu'est-il
devenu?

— Jérôme est mort, mes enfants; et mon frère et moi,
nous l'avons bien pleuré, car il nous aimait beaucoup, et
rien ne remplace un vieux serviteur dévoué.

— Et qu'est devenu le portrait?

— Le portrait, mes chers enfants, est resté avec tous les
autres, dans la même chambre que j'habitais alors; mon
père le fit restaurer, car Jérôme l'avait abimé.

— Oh! que nous voudrions le voir!

— Peut-être vous ferai-je faire ce voyage au printemps
prochain, si je suis content de vous : car ce portrait est
bien loin.

— Et où donc est-il, cher papa?

— Dans le château que ton oncle et moi nous avons dans
la Vendée, auprès de Clisson.

— Ah, oui! ce château où vous allez quelquefois passer le
temps de la chasse, tandis que vous nous confiez à notre
bonne-maman.

— C'est là où tu as été nourri, mon cher Auguste; mais
tu ne peux plus te rappeler, ni de ta nourrice, ni du château;
tu avais deux ans quand je pris le parti de me fixer à Paris.
C'est dans ce château que votre mère est morte, mes enfants;

Auguste n'avait que cinq mois; il fallut chercher une nourrice: la fille de Jérôme avait un fils du même âge; ce fut à
elle que je te confiai, mon cher enfant. Cette brave femme
a eu pour toi le cœur et les soins d'une mère; il ne faudra
jamais l'oublier, et je pense que tu seras bien joyeux quand
tu sauras que je l'attends vers la fin de ce mois. Elle amène
son fils, auquel je me suis chargé de faire apprendre la
sculpture; cet enfant annonce les plus grandes dispositions.

Auguste sauta de joie en apprenant cette nouvelle; et
Laure assura qu'elle se rappelait fort bien Véronique, qui
lui donnait tous les matins une jatte de bon lait, et l'emmenait dans le poulailler pour dénicher les œufs. Mais, ajouta-
t-elle, je ne me souviens que de cela, et de la chambre à
coucher de ma chère maman.

— Tu es bien heureuse, dit Amélie; moi, je ne me rappelle rien, pas même notre chère maman! et cependant ma
grand'maman me dit souvent que j'ai bien pleuré quand
elle est morte.

M. Dorigny se détourna pour essuyer une larme, et
comme il voulait changer la conversation, il reprit ainsi :

— Delriau est un charmant enfant : il a dix ans et demi;
il est fort doux et a beaucoup d'intelligence; vous serez
étonnés, mes enfants, des jolis petits animaux qu'il façonne
avec son couteau; je suis sûr qu'il deviendra un habile
sculpteur, et j'ai promis de l'envoyer dans l'atelier d'un de
ses compatriotes, le célèbre David.

— Ah! il ira chez M. David! s'écria Auguste; et pourquoi n'irai-je pas aussi, moi?

— Par une raison toute simple, mon ami; c'est que tu n'as,
jusqu'à ce moment, manifesté aucun goût, aucune disposi-
tion pour cet art.

— Comment donc, papa! je fais des bonshommes de

neige qui sont plus grands que moi, et ils sont si bien que
tous mes petits camarades disent qu'ils ne savent pas comment je puis faire pour leur donner une forme si naturelle ;
et l'autre jour encore j'ai fait, pour Amélie, avec une grosse
mie de pain frais, un très-joli vase à fleurs ; si elle ne l'a
pas brisé, vous pourrez le voir.

— En vérité ! interrompit M. Doriguy en riant, je con-
fesse que j'avais tort de nier tes dispositions pour la sculpture ! Eh bien ! mon ami, nous verrons si l'exemple de
Delriau te gagne ; vous deviendrez l'émule l'un de l'autre,
et au lieu d'un artiste, David en formera deux : il est
habitué à faire de bons élèves.

—Ah ! voilà qui est décidé ! s'écria Auguste avec joie :
j'irai chez David, je serai sculpteur.

—Tu n'avais pas encore eu cette idée-là, dit aussitôt
Laure, en ajoutant avec malice : et tu voulais être militaire
avant que Fifine t'eût raconté la terrible histoire qui avait
mis ta bravoure en déroute.

Auguste fit la moue à sa sœur, et répéta : « Dis ce que tu
voudras, je serai sculpteur ! »

M. Doriguy se leva ; la soirée était déjà avancée, et il
sonna.

— Quoi ! papa, déjà se coucher ! dit Auguste ; je n'ai
pourtant pas du tout envie de dormir, bien au contraire !
Papa, dites-moi, je vous prie, combien il y a de jours
encore jusqu'à la fin du mois ?

— Il y a dix-huit jours, mon ami.

—Ah, mon Dieu ! tant que cela ! Cher papa, vous nous
conterez des histoires, n'est-ce pas ? pour nous empêcher de
trouver le temps trop long d'ici là, le soir surtout ; les veil-
lées sont si longues !

—Non, mon enfant, je te l'ai déjà dit, je n'en sais plus.

— Et Fifine, papa ?

— Je vais lui défendre, sous peine d'être renvoyée, de vous lire ou de vous raconter aucune histoire, et je vous connais assez pour être sûr que vous ne la mettrez pas dans le cas de me désobéir.

— Non, papa, nous ne lui en demanderons pas, puisque vous nous le défendez; mais lorsqu'on a travaillé toute la journée, on aime bien à s'amuser le soir.

— Je suis tout-à-fait de votre avis, mes enfants, et je vous assure que j'ai un excellent moyen de vous faire passer le temps agréablement.

— Et lequel, papa?

— Je vous donnerai à lire Berquin

— Oh! nous le connaissons.

— Eh bien, le *Magasin des Enfants.*

— Nous le connaissons aussi.

— En ce cas, je vous donnerai les contes de M. Bouilly.

— Hélas! papa, nous avons lu tant de fois tous les contes que M. Bouilly a faits pour nous, que nous les savons par cœur; il devrait bien nous en faire d'autres : parmi les livres d'étrennes qu'on nous donne, nous n'en recevons jamais qui nous amusent et nous intéressent comme les siens.

— Eh bien! mes chers enfants, je vous promets pour demain quatre ouvrages que vous ne connaissez pas.

— Oh! lesquels, lesquels?

— Nous causerons de cela demain, mes enfants; il est tard, et voilà Joséphine qui vous attend pour que vous alliez vous coucher. — Bonsoir, cher papa. — Bonsoir. — Bonsoir, à demain. » Et les trois enfants se suspendirent au cou de leur père en l'embrassant et en recevant de lui un doux baiser.

IV. — Un Sacrifice.

La journée du lendemain parut fort longue aux trois enfants; ils attendaient le soir avec impatience : M. Dori- guy était sorti dès le matin et ne devait rentrer que pour dîner.

Auguste parla beaucoup à son professeur de l'arrivée de Delriau et de la promesse que son père lui avait faite, de l'envoyer chez David apprendre le bel art de la sculpture. Le vieux professeur, qui ne connaissait rien de préférable à la science, n'approuva nullement ce projet, et chercha à persuader à son élève que le grec, le latin et les mathéma- tiques devaient l'occuper encore exclusivement pendant quatre ou cinq ans. Auguste aimait peu les Grecs et les Romains; il les mettait toujours volontiers de côté pour courir fabriquer ses bons hommes de neige. Que sera-ce donc, pensait-il, lorsqu'au lieu d'être de neige i's seront de plâtre et de marbre. Il fit son thème et sa version tout de travers, tant ses pensées étaient tournées du côté de Delriau et de la sculpture; il reçut, en échange de ses distractions, deux *pensums* qui lui firent faire une triste grimace : car ils devaient lui prendre sa soirée, et ils consistaient à appren- dre cent vers et à en copier deux cents. Pauvre Auguste ! il payait bien cher son goût subit pour la sculpture!

M. Dorigny arriva, on se mit à table; Laure et Amélie avaient bien fait leurs devoirs; elles avaient pris leurs leçons de piano et de dessin; elles sautèrent au cou de leur père et lui demandèrent s'il avait pensé à acheter les livres dont il leur avait parlé la veille.

— Oui, mes chères petites, j'y ai pensé. Nous passerons dans mon cabinet après le dîner.

Auguste fut silencieux durant tout le repas, et son père s'étant aperçu qu'il avait l'air fort triste, lui en demanda la cause.

— C'est mon professeur qui a été bien injuste aujourd'hui, mon cher papa : il m'a donné deux *pensums*.

— Il faut que tu les aies mérités, mon ami.

— Oh! mon Dieu, non, papa; j'ai travaillé comme de coutume; mais M. Mauviel n'était pas content; je l'avais mis de mauvaise humeur en lui parlant de Delrien et de l'envie que j'ai d'être comme lui sculpteur. Il a dit que je n'avais que cela dans la tête, que je faisais mon thème tout de travers, et il m'a donné deux *pensums*; et pendant que je les ferai, mes sœurs s'amuseront; elles liront les belles histoires que vous avez apportées; et voilà que je vais m'ennuyer toute la soirée, moi qui croyais si bien m'amuser!

— Ce pauvre Auguste! dit aussitôt Amélie en l'embrassant; je conçois bien qu'il soit triste.

— Dis donc, Auguste (et Laure se penchait vers lui), qu'est-ce que M. Mauviel t'a donné pour *pensum?*

— Il m'a donné cent vers à apprendre; il faut que je les lui répète demain matin! et Auguste se mit à pleurer.

— Et l'autre *pensum?* reprit Laure.

— Il faut que je copie deux cents vers; je ne sais même pas si j'aurai fini ce soir.

— Papa, dit Laure en passant autour du cou de son père une main caressante, si j'aidais mon frère à copier ces deux cents vers, croyez-vous que M. Mauviel serait fâché?

—Tu consentirais donc à ne pas lire ce soir ? ma chère Laure.

— Oui, papa... et d'ailleurs, ajouta-t-elle, faisant la besogne tous les deux, cela irait vite, et nous aurions bien la moitié de la soirée... Voulez-vous, cher papa, que nous arrangions cela ainsi ? M. Dorigny ne répondit pas.

— Tu es bien bonne, Laure, dit Auguste, trop bonne ; moi qui croyais que tu ne m'aimais pas, et qui te fais souvent des malices ; il ne faut pas te priver de la lecture pour moi ; je ferai mes *pensums* puisqu'il le faut. »

Le dîner était fini, on se leva de table. Auguste prit son livre d'étude et se mit dans un coin de la salle à manger.

— Est-ce que tu vas rester là ? dit Amélie en s'approchant de lui.

— Oui, petite sœur ; si j'allais dans le cabinet, j'aurais trop de distractions ; j'aime mieux en finir vite ici ; va t'amuser, toi.

— Allons, mes enfants, je vous attends, interrompit M. Dorigny.

— Cher papa, dirent aussitôt les deux jeunes filles, nous ne voulons pas d'un plaisir que notre frère ne partagerait pas ; et, si vous y consentez, nous passerons cette soirée à travailler à nos ouvrages de broderies, et nous attendrons à demain pour lire les jolis livres que vous nous avez apportés.

— Embrassez-moi, mes chères filles, dit M. Dorigny attendri ; vous ne pouviez me faire plus de plaisir qu'en agissant ainsi. »

—Auguste sauta au cou de ses sœurs, et leur promit de ne pas mériter de *pensums* pour le lendemain.

La soirée se passa dans le plus grand silence ; les jeunes filles brodaient sans parler ; Auguste écrivait, et M. Dorigny lisait les journaux.

— C'est pourtant bien triste! s'écria tout à coup Amélie; il me semble que tu avais dit que tu aiderais Auguste à copier ses vers, et qu'alors nous aurions eu un petit bout de la soirée pour nous amuser tous les trois.

— Vraiment, je ne demanderais pas mieux, reprit Laure; mais je crois que cela ne convient pas à notre père.

— Comment veux-tu, ma chère enfant, que cela me convienne; M. Mauviel a donné un *pensum* à Auguste, mais il ne t'en a pas donné, et la besogne que tu ferais serait comptée pour rien. Est-ce que tu te repentirais du sacrifice que tu fais à ton frère, ma chère Amélie?

— Oh! non, papa! je dis seulement que la soirée est bien longue; je ne sais pas à quoi cela tient, mais je mêle toujours ma laine, et voilà trois fois que je recommence cette fleur.

— C'est que tu t'impatientes, mon enfant, et que tu penses à autre chose. Il faut, lorsqu'on se décide à renoncer à un plaisir, prendre son parti, non pour un moment, mais pour tout le temps de l'épreuve; c'est à ton âge qu'il faut apprendre à subir avec patience les contrariétés de la vie; c'est le seul moyen de se préparer d'avance à sacrifier ses plaisirs à un devoir ou à un bon sentiment. Tu seras bien plus heureuse demain soir lorsque nous serons tous réunis autour de mon bureau et que tu pourras te dire : j'ai acheté par un sacrifice le bonheur de cette soirée.

Amélie embrassa son père et dit bien bas : « J'ai eu tort, cher papa; ne m'en veuillez pas si je suis moins raisonnable que Laure, je n'ai que douze ans. »

M. Dorigny lui donna une petite tape sur la joue en signe de paix, et reprit sa lecture. Lorsque la soirée s'acheva, Auguste savait les cent vers et avait copié sa longue tâche, Amélie avait avancé son tapis, et Laure avait terminé un très-joli fichu.

— Eh bien! mes enfants, dit M. Dorigny en se levant, voilà la soirée finie.

— Oui, cher papa, s'écrièrent les trois enfants, et nous ne regrettons pas de l'avoir employée à travailler.

— Vraiment, mes enfants?

— Mon Dieu! oui, papa; ces vilains *pensums* qui m'ennuyaient tant, je suis bien aise à présent de les avoir faits; je suis sûr que M. Mauviel m'en saura gré.

— Pour moi, dit Amélie, j'ai bien avancé mon tapis.

— Et moi, j'ai fini mon col, s'écria Laure en le secouant pour en faire tomber les fils.

— Embrassez-moi tous trois, mes chers enfants; et M. Dorigny les pressa dans ses bras. Vous êtes contents de vous, parce que vous avez tous fait votre devoir, et que le travail laisse toujours après lui une douce satisfaction. »

Le lendemain, Auguste tint parole; il fut très-attentif pendant que M. Mauviel lui donnait ses leçons; il se garda bien de penser à autre chose, et au lieu d'avoir des *pensums*, il eut un bon point. Lorsque le dîner fut fini, on passa dans le cabinet de M. Dorigny, et en attendant les lumières, on se mit à causer. Le bonheur qu'ils se promettaient était d'autant mieux senti par les trois enfants, qu'ils l'avaient acheté, l'un par une pénitence accomplie, les autres par un généreux sacrifice. La plus grande harmonie régnait entre eux; Laure n'avait pas taquiné son frère une seule fois, et Auguste n'était occupé qu'à lui rendre de petits services; tous trois se trouvaient beaucoup plus heureux, et ils se promirent bien de continuer à vivre ainsi.

Joséphine alluma les deux lampes, les posa sur le bureau de M. Dorigny, et se retira en lançant à Auguste un coup d'œil plein de reproches; elle avait été sévèrement réprimandée par son maître.

« Venez près de moi, mes enfants. » Et M. Dorigny prit
sur une tablette sept volumes de formats différents.

A cette vue les enfants poussèrent des cris de joie et
demandèrent les titres des ouvrages, et s'il y avait des
images. Auguste surtout appuyait beaucoup sur cette
question, à laquelle son père répondit d'une manière très-
satisfaisante.

V. — La Lecture.

« Voici d'abord pour vous, mes chères petites » Et
M. Dorigny plaça devant ses filles *l'Institutrice*.

— Ah! papa! quel bonheur! ce livre est de mademoiselle Ulliac Trémadeure, et nous aimons tant ses livres!

— Vous avez raison, mes enfants; ils amusent, instrui-
sent et rendent meilleur.

— J'ai tant pleuré en lisant *Laideur et Beauté!* s'écria
Laure.

— Et moi aussi, ajouta vite Amélie.

— Eh bien! vous pleurerez encore en lisant *l'Institutrice.*

— Vous l'avez donc lue, papa?

— Oui, mes amis; si quelque chose aide à former le
cœur, l'esprit et le jugement des enfants, c'est la lecture,
et par conséquent le choix des livres; on ne saurait y
apporter trop d'attention et de sollicitude.

J'ai été témoin plus d'une fois, à l'époque du jour de l'an,
de la manière dont les parents et les amis s'y prennent

pour acheter les livres qu'ils veulent donner en cadeau.
La plupart d'entre eux ne désignent pas un ouvrage au
libraire, parce qu'ils ne se sont pas occupés de s'informer s'il
en est qui conviennent plus les uns que les autres aux
enfants; ils en ignorent même jusqu'aux titres, et lorsqu'ils
sont dans le magasin du libraire, ils se contentent de lui
demander de leur choisir un livre, et le libraire prend le
premier venu; on le lui paie, on l'emporte, on le donne à
l'enfant, et l'enfant reçoit souvent ainsi des livres qui ne
convenaient nullement, ou à son âge, ou à sa position dans
le monde : quelquefois, et cela est bien autrement grave, il
en reçoit qui, au lieu de développer en lui les bonnes dispositions de son cœur ou de son esprit, ne servent qu'à fausser
l'un et corrompre l'autre.

Les livres de madame Guizot, de mademoiselle Ulliac
Trémadeure, ceux de madame Desbordes Valmore, n'au-
ront jamais ces inconvénients-là; on peut les acheter sans
crainte et les donner à ses enfants sans les lire, on est sûr
d'avance qu'ils ne contiennent que les leçons de la plus
douce et de la plus saine morale.

— Ah, cher papa! est-ce que vous nous apportez un livre
de madame Desbordes Valmore? nous avons *l'Album du
Jeune âge;* c'est un recueil de vers délicieux : nous les
savons tous par cœur; nous serions bien heureux de lire
quelque chose fait encore par elle.

— Oui, mes enfants, les deux petits volumes que voici
sont d'elle; mais ils conviennent surtout à Auguste; vous
en jugerez par le titre : *le Livre des Petits enfants.*

— Mais, je ne suis plus un petit enfant! s'écrie Auguste
en riant.

— Tu prendras, malgré cela, mon cher Auguste, un
plaisir infini à lire ces contes; et tu me croiras sur parole
quand tu sauras que, moi qui ne suis plus *un petit enfant,*

je les ai lus d'un bout à l'autre, sans pouvoir les quitter. Cet ouvrage est l'un des plus attachants et des plus utiles que l'on puisse offrir aux enfants; chaque histoire vaut une leçon.

— Voyons les images, cher papa.

— Les voici, il y en a une à chaque volume.

— Oh! je veux lire ces histoires aussi, moi, s'écrièrent Laure et Amélie; voilà des titres charmants, cela doit être bien amusant.

J'ai pris *l'Institutrice* et *les Contes aux jeunes personnes*, de madame Laure Bernard, pour toi, mon Amélie; et voici, continua M. Doriguy, en se tournant vers Laure, un ouvrage de madame Guizot. Il te fera plaisir, ma chère Laure; je sais combien tu aimes tout ce que cette femme d'un mérite supérieur a bien voulu écrire pour la jeunesse. Tu ne connais pas *une Famille*, cet ouvrage manquait à ta collection. Vous avez chacune, mes chères filles, deux volumes; votre frère en a trois, mais ils sont bien petits, et les vôtres en feraient quatre comme les siens.

— Quels sont ceux qui vous ont coûté le plus d'argent, cher papa?

— Les vôtres, mesdemoiselles; les in-18 ne sont jamais aussi chers que les in-12. A présent, mes amis, il s'agit de ne pas lire tout d'un trait ces volumes; il faut consacrer la soirée à la lecture, et lire tout haut chacun à votre tour: de cette manière vous apprendrez à bien prononcer, à n'avoir pas de mauvaises inflexions de voix, et vous n'épuiserez pas tous trois à la fois, dans l'espace de quatre à cinq jours, la plus douce ressource que vous puissiez trouver, après le travail, contre l'ennui.

— Nous ferons ce que vous voudrez, cher papa; mais nous allons commencer ce soir, n'est-ce pas?

— Oui, mes enfants; asseyons-nous. Et d'abord nous

allons voir les images de *l'Institutrice* et des *Contes aux Enfants*.

— Oh! qu'elles sont jolies!... Par quelle histoire faut-il commencer, cher papa?

— Choisissez, mes amis.

— Eh bien! lisons un des contes du livre *des Petits Enfants*.

— Oui! oui!

— Et lequel? demanda Amélie.

— Nous allons chercher dans la table, reprit Laure; voulez-vous *la Poupée-Monstre*, *le Petit Gâté*, *le Sonneur aux portes*, *le Petit Bègue*.

— *Le Petit Bègue!* s'écria Auguste; cela doit être bien amusant; j'ai un de mes camarades qui ne peut parler que comme cela. Mon... mon... sieur, monsieur. Ma... a... a.. dame, madame. Oh! c'est bien drôle, cela fait bien rire.

— Il ne bégayera bientôt plus, Auguste, car ses parents se sont décidés à l'envoyer chez M. Colombat de l'Isère, ce médecin si habile à guérir les maladies de la voix et les mauvaises prononciations; il a fait des cures bien autrement admirables et difficiles que ne le sera celle de ton petit camarade. Lorsque tu auras lu l'histoire du *Petit Bègue*, j'espère que tu ne trouveras plus le bégaiement si drôle et si amusant, et que tu comprendras qu'il ne faut jamais se moquer des infirmités, quel que soit le côté ridicule qu'elles puissent offrir.

Laure commença la lecture du *Petit Bègue*, et on l'écouta dans le plus grand silence; mais plus elle avançait et plus son frère et sa sœur se pressaient contre elle, laissant échapper des exclamations d'indignation, à chaque méchanceté que les écoliers faisaient au pauvre René, dont ils se moquaient sans cesse, parce qu'il était laid et qu'il bégayait.

« Tu es fatiguée, ma chère Laure, interrompt M. Doriguy en prenant le livre ; je suis d'ailleurs bien aise de vous
lire moi-même la fin de cette histoire. »

M. Dorigny lut l'intéressante histoire de René *Bègue-
Bête*, comme l'appelaient ses camarades, et lorsqu'il arriva
à l'instant si effrayant où il se jette à l'eau, sans savoir
nager, pour sauver celui de ses camarades qui l'avait le plus
tourmenté, les enfants perdirent la respiration à force de
partager la frayeur de tous ceux qui criaient au bord de la
rivière : *Au secours !* Et lorsque René reparut, tirant après
lui Achille, qu'il venait de sauver de la mort, ils fondirent
en larmes : M. Dorigny lui-même était ému ; il continua, et
lut comment René, retrouvant tout à coup l'usage de la
parole, raconte la manière dont il a lutté contre l'eau en
nageant comme un chien par instinct, sa joie inexprimable
lorsqu'il s'aperçoit que cette crise affreuse lui a délié la langue, et qu'il s'écrie, au moment où toute l'école l'emporte
en triomphe : « Oh ! je parlerai donc comme un autre, à
présent ; on ne se moquera plus de moi ! » A ces mots,
Auguste se jeta dans les bras de son père, et y cacha sa
tête, tout honteux, tout désolé d'avoir pu se moquer de son
petit camarade, parce qu'il bégayait.

— Eh bien ! mes enfants, que dites-vous de René ?... Et
M. Dorigny posa le livre.

— Oh ! papa, s'écrièrent Laure et Amélie, les yeux bai-
gnés de larmes, nous voudrions bien le connaître ; quel
beau caractère ! risquer sa vie pour un méchant enfant qui
lui avait fait tant de mal !

— Il faut toujours se venger du mal en faisant le bien :
cette histoire vous a donc beaucoup intéressés ?

— Oui, papa, et tellement que nous avons cru un instant
voir Achille et René se débattre dans l'eau : il y a tant de

vérité dans cette scène! nous ne respirions plus en vous écoutant.

— Est-ce qu'elles sont toutes aussi jolies que cela, les histoires de ce livre?

— Oui, mes enfants, il y en a même de plus jolies encore; mais vous avez pris au hasard.

— Quel plaisir! s'écria Auguste; et il est à moi ce joli livre! et j'en achèterai un pareil à Delriau!

— On est bien heureux, dit Laure, de pouvoir écrire si bien, et les dames qui s'occupent ainsi de travailler pour nous instruire et pour nous amuser sont bien bonnes.

— Elles remplissent un des premiers devoirs de leur sexe, reprit M. Doriguy; c'est une noble tâche, moins facile à exécuter qu'on ne pense.

— Au surplus, on ne s'est jamais tant occupé de la jeunesse qu'on le fait à présent. Les enfants ont aujourd'hui des journaux, des bibliothèques d'éducation, des libraires, qui ne publient que des livres à leur usage.

— J'approuve peu les journaux, du moins quelques-uns des journaux qu'on met entre leurs mains... Il ne suffit pas toujours qu'une chose soit amusante, mes enfants, il faut surtout qu'elle soit faite dans le but de vous offrir une leçon salutaire, ou de vous offrir l'exemple d'un beau trait, d'une action louable. Puisque vous êtes déjà abonnées au *Journal des Jeunes personnes,* je crois que les livres vous feront plus de plaisir qu'un second journal, et je vous achèterai au premier de l'an un ouvrage qui aura, je crois, un grand succès. Il a pour titre *la Vie des Enfants célèbres.*

— Oh! papa, que cela doit être curieux! Merci, merci! quand serons-nous au premier de l'an?

— Dans trois mois, mes enfants.

— Quel bonheur! et dans dix-huit, non, dans dix-sept jours, nous verrons Delriau!

VI. — La Nourrice.

Pendant les dix-sept jours qui devaient s'écouler avant que la nourrice arrivât, Auguste eut une telle frayeur des *pensums* qu'il ne mécontenta pas une seule fois son professeur, et eut le plaisir de bien faire ses devoirs et de se réunir tous les soirs à son père et à ses sœurs; *le Livre des petits Enfants* était achevé; on avait lu l'*Institutrice*, au milieu des larmes, de l'intérêt le plus soutenu, et des réflexions les plus salutaires, on touchait à la fin *des Contes aux Enfants*, et on était au 25 octobre.

M. Dorigny avait fait préparer une petite chambre propre et commode, qu'il destinait à Mathurin.

Le temps s'était écoulé vite et gaiement. Auguste, guéri de sa poltronnerie, se couchait seul et sans veilleuse; Fifine avait voulu le gronder à son tour, mais l'enfant, au lieu de se laisser intimider, lui avait déclaré qu'il n'écouterait jamais plus des histoires que son papa regardait comme dangereuses! Fifine fit la moue, mais elle se le tint pour dit, et se consola en tâchant de faire ses effrayants récits aux portiers de la maison et aux bonnes du voisinage.

Le 30 octobre arriva, c'était le jour si impatiemment attendu par les trois enfants de M. Dorigny.

C'était à qui se précipiterait à la porte lorsque la sonnette se faisait entendre; mais tantôt c'était le porteur d'eau ou la boulangère, tantôt le portier qui montait une lettre ou un journal; à mesure que l'heure s'avançait, l'impatience des

7

enfants allait croissant; on leur avait heureusement donné
congé ce jour-là, car ils n'auraient fait que de bien mauvaise besogne.

Enfin, à une heure, et comme on se levait de table, la sonnette se fit entendre de nouveau, et cette fois l'espoir des
enfants ne fut pas trompé.

Une paysanne de trente-huit à quarante ans demanda au
domestique qui venait de lui ouvrir : « Est-ce ici que
demeure M. Dorigny? »

Le tablier rouge, le fichu rouge à belles bordures de
fleurs vertes et jaunes, le bonnet rond garni de hautes den-
telles relevées sur le sommet de la tête, la jupe de drap à
raies blanches et noires, et le corset de velours noir, faisait reconnaître en elle une bonne fermière de la Bretagne.

Derrière elle, et plus rouge que le tablier de sa mère, se
tenait un petit garçon grand et fort, d'une jolie figure, mais
qui avait l'air si embarrassé, qu'il paraissait plus prêt à
reculer qu'à avancer.

— Oui, oui, oui! crièrent à la fois les trois enfants, c'est
ici, et vous êtes Véronique, n'est ce pas? Venez, venez!...
papa! c'est la nourrice, c'est Véronique!

— Ah! ces chers enfants, s'écria l'excellente femme, le
cœur tout ému, ils m'attendaient, ils se souviennent de moi!
quand je dis qu'ils se souviennent, ajouta-t-elle en riant et
pleurant, il n'y a que toi Laure qui puisses te souvenir de
moi. — Mais mon Dieu que la voilà grande et jolie! il faut
que je lui dise *vous* et que je l'appelle *mademoiselle*.

— Ne va pas t'aviser de cela, s'écria Laure en lui sautant
au cou : n'es-tu pas la nourrice d'Auguste? n'as-tu pas eu
soin de moi, quand j'étais toute petite? — Et de moi aussi!
s'écria Amélie en cherchant à embrasser Véronique.

— Et moi donc! s'écria Auguste.

— Ah, cher enfant! Et Véronique, repoussant doucement

Laure et Amélie, enleva Auguste dans ses bras et le couvrit de baisers, en répétant : Que tu es beau ! que tu es grand ! Tu ne me reconnais point, n'est-ce pas ? tu étais trop petit, pauvre chéri ; c'est à peine si tu marchais ; et le reposant à terre, elle ajouta : Je t'amène un frère, mon cher enfant, un petit camarade qui t'aimera bien ; elle se tourna vers son fils à ces mots, et lui dit : « Essuie bien tes pieds au paillasson pour ne pas salir le tapis, et viens embrasser ton frère de lait. »

Delriau posa par terre un grand panier, frotta ses pieds de toute sa force, et se mit à se gratter l'oreille sans avancer d'un seul pas.

M. Dorigny venait d'entrer : il serrait affectueusement les deux mains de la nourrice, qui, tout au plaisir de le revoir, ne s'apercevait pas que son fils était encore à la même place. Mais Laure poussa Auguste et lui dit : « Va donc l'embrasser.

Auguste s'avança et embrassa Delriau sans lui dire un seul mot ; il était embarrassé de la timide gaucherie de son nouveau camarade.

« Eh bien, mes petits amis ! s'écria gaiement M. Dorigny en se tournant vers eux, j'espère que vous ferez vite connaissance ; passons dans ma chambre, mes enfants ; allons, viens ici, Delriau ? que je t'embrasse. Il est tout honteux reprit Véronique, mais c'est l'affaire de l'instant ; il faut penser qu'il n'a jamais vu un appartement comme celui-ci, car c'est beau comme chez le roi ; et lui qui osait à peine déjà courir et parler haut quand il allait par hasard au château ! Dame, mon enfant, te voilà à la ville : il faudra en prendre les habitudes. Va chercher mon panier, tu l'as laissé dans l'autre chambre.

Delriau revint avec le panier ; et comme il ne voyait que tapis et belles tables d'acajou, il ne savait où le poser.

M. Dorigny devina son embarras : « N'aie pas peur, et mets-le sur cette table. » Delriau posa le panier sur une petite table à dessus de marbre. Et les yeux des enfants s'attachèrent sur ce panier : il excitait d'autant plus leur curiosité, que deux couvercles, hermétiquement fermés de chaque côté de l'anse, empêchaient le regard le plus perçant de deviner ce qu'il pouvait contenir. Véronique sourit et demanda à Auguste s'il voulait se charger de l'ouvrir.

— Faut-il, papa? demanda l'enfant.

— Oui, mon ami, puisque Véronique le permet.

— Il faut l'ouvrir tout doucement et prendre bien garde que cela ne s'envole, reprit la nourrice en souriant.

— Ah! c'est une attrape, cria Amélie, il n'y a rien dedans!

— Si fait, dit Laure, je crois qu'il y a du beurre de Bretagne.

— Est-ce que le beurre s'envole? interrompit Auguste : c'est bien plutôt un lièvre ou un lapin; je n'ouvre pas, cela peut mordre.

— Ce n'est rien de tout cela, mon cher petit; et Véronique ouvrant aussitôt le panier..., deux petites colombes blanches comme la neige s'élancèrent hors de leur prison d'osier; elles se perchèrent sur une des épaules de Laure, et se mirent à battre des ailes.

A cette vue, un long cri de joie s'éleva... Laure et Amélie saisirent chacune une colombe et la couvrirent de baisers.

— Et moi je n'ai rien, disait Auguste en sautant autour de ses sœurs, moitié content, moitié fâché.

— Si fait, si fait, il faut chercher dans le panier; » et Véronique fit signe à Auguste de venir près d'elle : l'enfant souleva les feuilles de fougère qui avaient servi de lit aux deux colombes, et fit un cri de joie en apercevant une superbe galette bien épaisse et bien dorée; il la posa sur la table, et on déclara à l'unanimité qu'il en ferait lui-même les honneurs le lendemain à déjeuner.

Pendant ce temps, Delriau avait mis ses deux mains dans les poches de sa veste brune, et regardait sa mère.

« Oui, mon fils, oui, il faut les tirer de ta poche, ça devrait être déjà fait : allons, dépêche-toi, et prie ton frère de lait de les prendre.

— Qu'est-ce que c'est donc? s'écria Auguste en courant de sa galette à Delriau ; tu as quelque chose à me donner, montre donc vite.

— Je n'ose pas, et l'enfant pencha sa tête sur sa poitrine en souriant, et en regardant à la dérobée Auguste.

— C'est que c'est son ouvrage, reprit Véronique, voilà pourquoi il fait tant de façons; il a peur qu'on ne trouve pas ça bien. Tu as tort, mon garçon; est-ce que tu peux faire mieux, toi qui n'as jamais appris? et, tirant à elle le bras de son fils, elle prit dans sa main un petit mouton fort adroitement sculpté.

— Oh! que c'est joli, que c'est bien fait! »

Ce cri retentit aux oreilles de Delriau et gonfla son cœur de plaisir; il tira de lui-même son autre main de sa poche, et présenta à Auguste un petit paysan qui jouait du flageolet.

« Oh! ce n'est pas toi qui as fait cela! s'écria Auguste; c'est impossible!

— Si fait ben, c'est moi, dit aussitôt l'enfant retrouvant dans le juste orgueil qu'il avait de son talent toute l'énergie de son caractère. Et j'ai fait encore cela, et cela, et puis ça encore, et il tendit tour à tour à Auguste stupéfait, une vache, un cheval et une paysanne filant sa quenouille.

— Oh! tu m'apprendras ton secret, Delriau, et je te donnerai tous mes joujoux.

— N'y a pas besoin de joujoux pour ça, reprit Delriau, je

vous apprendrai tout ce que vous voudrez : il ne faut que de
la bonne volonté et un coutiau. »

Les trois enfants s'écrièrent que c'était impossible, et
Delriau, s'animant de plus en plus, s'offrit à donner une
leçon dès le soir même. Mais comme Véronique et son fils
avaient passé trois. nuits en voiture, M. Dorigny insista
pour qu'on les fit dîner sur les quatre heures, afin qu'ils
pussent aller prendre du repos jusqu'au lendemain.

VII. — Delriau.

Dès le lendemain matin de bien bonne heure, les trois
enfants de M. Dorigny étaient levés; Laure et Amélie don-
naient à manger à leurs colombes; et Auguste était grave-
ment occupé à tailler avec son couteau un petit morceau de
bois qu'il avait découvert la veille dans le bûcher de la
cuisine.

« Vous voilà levés de bien bonne heure, mes enfants, dit
M. Dorigny en traversant la salle à manger pour se rendre
à son cabinet. Et Delriau, où est-il?

— Nous ne l'avons pas encore vu, papa : il dort sans
doute.

— Je ne le pense pas; il croit plutôt que vous dormez.
Monte à sa chambre, Auguste, et fais-le descendre pour
déjeuner avec nous.

Auguste ne se le fit pas dire deux fois; en un bond il fut
hors de la salle à manger, et en cinq à six enjambées dans
le corridor où était la chambre de son frère de lait : il écouta,

on marchait ; il frappa, Delriau ouvrit ; il était tout habillé,
et tenait entre ses mains son couteau et un chien qui n'était
encore que grossièrement ébauché. Il rougit en voyant
Auguste, mais ses yeux brillèrent de plaisir, et il serra fortement la main que celui-ci lui tendait.

Les enfants se lient bien plus vite lorsqu'ils sont seuls,
et qu'ils ne se croient pas l'objet de la curiosité ou de l'attention. En moins d'un quart d'heure, Auguste et Delriau
avaient mis de côté tout cérémonial ; assis sur la même
chaise et jasant sans interruption, ils oubliaient le déjeuner,
chose pourtant fort importante, à leur âge surtout. Une
porte de communication s'ouvrit, et Véronique entra ; elle
embrassa les deux enfants, presque aussi tendrement l'un
que l'autre, car une nourrice est une seconde mère : et elle
leur rappela qu'il ne fallait pas faire attendre M. Dorigny,
qu'elle venait de trouver découpant la fameuse galette.

A ces mots magiques, les deux enfants se culbutèrent sur
l'escalier, plutôt qu'ils ne le descendirent.

On entoura gaiement la table, et la galette fut fêtée comme on devait s'y attendre, car elle était bonne ; elle disparut
plus d'à moitié sous les jeunes dents qui la broyaient sans
pitié.

M. Dorigny avait promis à ses enfants quinze jours de
vacance ; et ces quinze jours commençaient à l'arrivée de la
nourrice, et finissaient à son départ.

— Auguste donna à Delriau le *Livre des petits Enfants*,
et reçut en échange de longues et douces leçons ; il eut tout
le temps, et cela sans redouter les pensums, de s'exercer
dans l'art de façonner avec un couteau un morceau de bois ;
mais c'était en vain que l'enfant, élève de lui-même et
devenu tout à coup maître, donnait à ses leçons toute la
clarté possible, et s'y prenait avec une extrême patience de
vingt façons différentes : Auguste maniait son couteau si

lourdement, qu'il ne faisait que d'énormes entailles, sans jamais arriver à leur donner une forme même grossière ; il se désolait, il tapait du pied, quelquefois même il jetait son morceau de bois par terre en lui disant des injures ; puis tout honteux, il le relevait et recommençait à le sillonner de nouvelles entailles, toutes aussi maladroites les unes que les autres.

« C'est inconcevable! avait-il coutume de dire alors : tu verras, Delriau, comme je fais bien les bonshommes de neige ; je croyais que lorsqu'on pouvait faire un bonhomme de neige, on pouvait tailler un morceau de bois! Ah, mon Dieu, je n'en viendrai jamais à bout!

— Patience, répondait toujours Delriau.

— As tu été si long-temps que cela? demanda Auguste, un jour où il perdait tout à fait courage.

— Non; je ne sais pas comment ça s'est fait. Je gardais les moutons, je n'avais que huit ans, je m'ennuyais ; je coupe une baguette de bouleau et je m'en fais une canne ; puis je m'imagine de faire une tête à cette canne, et j'en fais une ; je fais les yeux, le nez, la bouche : c'était fort drôle ; je reviens bien content ; mon père me dit que c'était très-bien, et il me demanda de lui donner ma canne ; je fus bien orgueilleux de cette demande ; je donnai ma canne ; et quand je fus dans les champs, je m'en fis une autre, et je trouvai que la tête que j'y avais faite était encore mieux. Je ne fis que des cannes pendant huit ou dix jours : c'était un plaisir toujours nouveau pour moi. Enfin un jour, pour varier, je m'avisai de vouloir faire un mouton ; je donnai bien la forme de cet animal à mon morceau de bois ; mais je ne pus jamais couper les jambes, et façonner la queue et les oreilles : mon couteau ne coupait pas assez bien. Je le dis à mon père, qui fut exprès à la ville m'en acheter un ; je l'emportai au champ le lendemain, et j'achevai le mouton ; il

n'était pas bien, tant s'en faut; mais cependant c'était un
mouton, et tout le monde le reconnut quand je le mon-
trai le soir à mon père, à ma mère, et à mes frères et
sœurs. « Nous en voulons, » me criaient les petites et les
grandes.

Je ne fis que des moutons pour les leur donner; et à
force d'en faire, je parvins à les rendre si bien, que mon
père en porta un, celui qui était le mieux de tous, à
M. Dorigny, qui se trouvait en ce moment au château; il dit
que c'était bien étonnant, et qu'il voulait voir tout ce que
je ferais. Il revint l'année d'après; j'avais fait de grands
progrès; j'avais une provision de chevaux, de vaches, de
chiens, et de petits hommes, et de petites femmes. Mon
père porta tout cela à M. Dorigny, qui désira me voir.

« Tu as du talent, mon garçon, me dit-il en m'embrassant; tu feras un artiste ». Je ne savais pas ce que c'était;
j'ouvris de grands yeux; il m'expliqua alors ce que c'était
qu'un artiste, et à mesure qu'il parlait, je sentais le rouge me
monter à la figure; mon cœur se gonflait et il me semblait que
des ailes me poussaient et que j'allais m'envoler comme un
oiseau; il y a près d'un an de ça, je ne l'oublierai jamais!
Je ferai un artiste, pensai-je, mais je n'osais pas le dire!

— Sais-tu lire? me demanda M. Dorigny.

— Non, dis-je, je ne sais que travailler avec mon coutiau.

— Voilà de quoi payer tes mois d'école jusqu'à ce que je
te fasse venir à Paris, mon enfant, et M. Dorigny me remit
cent francs. Je lui sautai au cou, je ne sais pas encore comment : j'y fus d'un bond sans m'en douter, et quand ce
moment de joie fut passé, je fus bien honteux de ma har-
diesse; mais j'avais tort, car M. Dorigny me fit beaucoup
de caresses et me parla de vous, monsieur Auguste.

— Dis donc de toi, interrompait Auguste.

— De toi, monsieur Auguste, reprit Delriau, qui n'osait pas encore tutoyer son frère de lait.

— J'appris moins vite à lire qu'à faire les cannes et les mouton; mais enfin j'appris.

— Et tu sais lire à présent?

— Oui ben, dit Delriau. — *Oui ben*, répéta Auguste. Est-ce qu'on parle comme cela chez toi.

— Qu'est-ce que j'ai donc dit? reprit Delriau. Ah dame, cheux nous ce n'est pas comme ici.

— *Cheux nous!* répéta encore Auguste. Ah bien, par exemple, je veux t'apprendre à parler: dis, le veux-tu?

— Oui, répondit Delriau, j'en serai ben content; je ne demande pas mieux que d'apprendre.

— Laisse faire, je t'enseignerai tout ce que je sais.

Ce fut après cinq ou six conversations, toutes à peu près semblables à celle-ci, qu'Auguste changea de rôle; il renonça à la sculpture et se mit à apprendre la grammaire à son nouvel ami.

M. Dorigny les surprit un jour dans cette grave occupation. Auguste était assis; il tenait une grammaire sur ses genoux. Delriau, debout devant lui, répétait un verbe.

A la vue de son père, Auguste se mit à rire, et Delriau s'arrêta tout court.

— Bravo, mes chers enfants! que je ne vous dérange pas: Eh bien! es-tu content de ton élève?

— Oh, oui, papa, cela finira par aller bien; il conjugue déjà tout le verbe avoir.

— Il paraît qu'il est meilleur élève que toi?

— Ou qu'il est meilleur maître que moi, » interrompit timidement Delriau, avec un instinct de délicatesse qui ne s'apprend pas et qui vient du cœur.

Auguste lui serra la main. « Tu es trop bon de vouloir m'épargner la honte de convenir devant mon père que je

n'ai pas de dispositions ; certes tu as été aussi bon maître
que possible, mais c'est moi qui ne suis pas fait pour cela
apparemment. »

M. Dorigny embrassa son fils avec un sentiment d'orgueil paternel bien justifié : il venait de reconnaître dans
Auguste une âme noble et généreuse, sans petitesse, sans
envie.

Les quinze jours s'écoulèrent ; Véronique partit ; elle
pleura beaucoup en quittant son fils, sa gloire, son cher
Delriau, et l'enfant eut bien de la peine à s'arracher de ses
bras. Enfin la promesse bien des fois répétée de ramener
Delriau passer, à la fin du printemps, un mois au château
avec les enfants de M. Dorigny, rendit le courage à la bonne
nourrice, et l'on se sépara.

L'hiver fut entièrement consacré au travail. M. Mauviel
eut deux élèves au lieu d'un ; mais les progrès de Delriau
dans les langues étaient presque nuls ; sa vive imagination
l'emportait loin des Grecs et des Romains, ou, s'il les aimait
ce n'était qu'en sculpture. Il passait deux heures avec
M. Mauviel, et sept heures dans l'atelier de son maître :
« Cet enfant ira loin, disait souvent David, il a du génie, »
et il s'attachait à son élève et jouissait avec orgueil de ses
rapides progrès.

Un jour Delriau rentra ivre de joie : il ne tenait plus à la
terre ; il venait de créer une statue, un homme haut d'une
coudée ; ce n'était plus du bois, c'était du plâtre.

« Ah, mon Dieu ! s'écria Auguste, que je voudrais faire
une statue. Papa, peut-être que je manierai mieux la terre
glaise que le couteau ; car c'est avec de la terre glaise que
tu travailles, n'est-ce pas, Delriau ? j'en ai vu dans ta
chambre.

— Oui, reprit Delriau : lève-toi demain un peu avant le
jour, je te montrerai comment je fais, tu verras. »

Le lendemain, Auguste grimpa chez l'enfant sculpteur ; il
en reçut une longue leçon, mais la terre glaise fut aussi
rebelle sous ses doigts, que le bois l'avait été sous le couteau; la même leçon recommença plusieurs jours de suite ;
enfin Auguste, à force de patience et d'efforts, parvint à
modeler, tant bien que mal, une masse informe qu'il appelait fièrement une tête.

Travaille avec M. Mauviel, mon ami, lui dit son père,
achève tes études : je t'enverrai chez David alors, il me dira
franchement ce qu'il pense de toi ; mais d'ici là je ne veux
pas que tu perdes ton temps et surtout que tu le fasses perdre à Delriau. » Auguste gémit de cet ordre qu'il appelait
rigoureux, et se livra avec ardeur au travail pour achever
plus vite *ses études*, puisqu'il ne serait vraiment libre que
lorsqu'elles seraient terminées ; et, dans son désespoir, il ne
fit même plus de bonshommes de neige.

L'hiver se passa; le printemps ramena les beaux jours, et
l'on prépara tout pour le voyage de la Bretagne.

VIII. — Clisson.

On arriva à Clisson vers la fin du mois de mai. Le ravis-
sement des enfants de M. Dorigny ne pouvait se comparer
qu'à la joie de Delriau, qui saluait son pays avec des cris et
des larmes.

Mon Dieu, que cela est beau! répétaient Laure, Amélie
et Auguste; quels rochers! quelles cascades! Et dans leur
extase, ils bondissaient comme des chevreaux, ou restaient

immobiles et pleins de respect devant ce sublime tableau d'une nature qui rappelle à la fois la Suisse et l'Italie.

Les ruines du vieux château d'Olivier de Clisson excitèrent la curiosité des deux sœurs, et elles prièrent leur père de les y conduire.

Le château d'Olivier de Clisson, leur dit M. Dorigny en leur faisant prendre le chemin, est bien ancien, ses premières fondations remontent aux temps les plus reculés. Clisson s'appelait Clychia sous Jules-César; de grands bois s'élevaient à la place du château; Auguste, successeur de Jules-César, fit tracer une route allant de Poitiers à Nantes; elle passait au pied de ce roc imprenable; Auguste comprit tout ce que cette position avait d'avantageux, et il y fit bâtir une forteresse.

Lorsque les Normands remontèrent la Loire et ravagèrent ce beau pays, la forteresse de Clychia fut détruite en grande partie. Et ce ne fut que sous Philippe-Auguste, dans le xiie siècle, que le château dont vous voyez les ruines fut bâti sur les ruines de l'ancienne forteresse et prit le nom de Roche-Forte, pour reprendre plus tard celui de Clisson, qui dérive de Clychia.

Louis IX encore enfant fut amené par la reine sa mère au château de Clisson, où de grands intérêts se réglèrent. Les murailles de ce château étaient si hautes, que Jean Ier, duc de Bretagne, après s'être emparé de plusieurs autres châteaux appartenant à Olivier Ier, ne put obtenir de ses troupes effrayées qu'elles en fissent le siége; elles se révoltèrent, et le duc fut obligé de se retirer.

François Ier vint à Clisson; la reine Médicis et Charles IX, y vinrent aussi. Bien d'autres souverains ont posé leurs pieds sur cette terre où vous marchez aujourd'hui, et ces murs, avant d'être en ruines, ont repoussé bien des attaques, ont reçu bien des boulets de canon.

Ce fut peu de temps après la visite de Charles IX qu'une guerre impie et sacrilége désola toute cette partie de la Vendée, et que la ligue s'étant formée, le duc de Mercœur plaça les ligueurs qu'il commandait dans le château d'Olivier de Clisson.

Toute la bravoure d'Henri IV vint échouer devant les imposantes murailles de ce château, et ce ne fut qu'une année après que le duc de Mercœur en fut expulsé.

L'abandon et la solitude firent pendant trois cents ans tomber en ruine cette belle forteresse du XII⁰ siècle, et l'incendie de 1793 la vit s'écrouler de toutes parts.

Quelque temps après cet affreux incendie, qui dévora non-seulement le château, mais toute la ville de Clisson, un peintre, Pierre Cacault, osa le premier pénétrer au milieu de ces ruines. Il n'y trouva pas un être vivant, pas une maison habitable! Les rues étaient encombrées de poutres et de pierres; les ronces cachaient sous leur épaisse verdure la terre, noire encore du feu qui l'avait calcinée.

La ville n'offrait qu'une vaste plaine jonchée de décombres; le plus profond silence régnait dans ces lieux désolés; mais les cascades, les rochers, les ravissants paysages servant comme de ceinture à ces ruines abandonnées, parlèrent si haut au cœur et à l'imagination de l'artiste, qu'il ne voulut plus quitter Clisson, et cependant il arrivait d'Italie.

Une maison incendiée lui servit d'asile, ce fut là que, dessinant du matin au soir, il finit par se décider à relever Clisson de ses ruines et à y fixer sa demeure. Il écrivit à son frère, ambassadeur à Rome, et peu de temps après, son frère le rejoignit à Clisson.

Ce fut alors que l'on vit s'opérer un prodige semblable à celui qui éleva les murs de Thèbes. Des ouvriers furent appelés, et ils construisirent, sous les yeux de MM. Cacault,

un muséum, ici à votre gauche, mes enfants. Ces généreux
amis des arts firent venir de tous côtés les tableaux de nos
grands maîtres, et dotèrent le musée des belles statues qu'ils
avaient apportées d'Italie.

Le bruit de tant de bienfaits se répandit dans les campagnes environnantes, et ceux des malheureux habitants de
Clisson, qui avaient survécu aux ravages du fer et de la
flamme, revinrent chercher au milieu des débris de leur
ville, la place où étaient leurs maisons. Guidés, encouragés
par les deux frères, ils essuyèrent leurs larmes et se mirent
au travail. Ce fut ainsi que Clisson fut rebâti ; toutes ses
maisons ont des toits à l'italienne. M. Cacault a fait le plan
de la ville, a dessiné les habitations, et l'on se croit ici bien
plus en Italie qu'en France.

Cette ville sortant de ses cendres comme par enchante-
ment, et la beauté du muséum, attirèrent des étrangers ; le
commerce y jeta de l'abondance, et le bonheur se fixa avec
les arts et l'industrie dans ce petit coin de terre si bouleversé
peu d'années auparavant.

Mais à la mort de M. Cacault tout changea de face : une
partie du Muséum fut transportée à Nantes, le reste fut
dispersé. Le bâtiment est vide aujourd'hui.

M. Lemot, cet habile artiste, auquel on doit la statue
équestre d'Henri IV, que vous regardez toujours lorsque
nous passons sur le Pont-Neuf, M. Lemot vint s'établir ici ;
il acheta *la Garenne*, ce parc ravissant que vous voyez s'étendre au loin ; il acheta les ruines où nous sommes, et empêcha le temps de les dégrader davantage.

M. Lemot est mort : il était l'ami de MM. Cacault. Sa
tombe a été placée près de la leur.

Les enfants de M. Dorigny avaient écouté avec beaucoup
d'intérêt tout ce que leur père venait de leur apprendre, et
lorsqu'ils eurent visité les ruines du château et les déli-

cieuses promenades de la Garenne, on se mit en route pour
la terre de M. Dorigny, située à une demi-lieue de Clisson!
Delriau, toujours en avant, ouvrait la marche; ses longs
cheveux noirs flottaient à tous les vents, et il ouvrait sa
bouche large et riante, non pour parler, mais pour mieux
respirer l'air natal; il portait sous son bras une vierge qu'il
avait sculptée avec un soin extrême, et qu'il destinait à sa
mère.

Ils arrivèrent : on les attendait. Toute la ferme avait un
air de fête; un mât de cocagne (1) avait été dressé dans la
cour; un feu de joie brûlait autour, et une grande quantité
de coups de fusil furent tirés; puis on apporta des bouquets
aux enfants de M. Dorigny! Pendant ce temps, Delriau
passait des bras de son père dans ceux de sa mère, et il
criait : « J'apporte autre chose que des bergers en bois :
donne, Auguste, donne. » Lorsqu'il reprit des bras de son
frère de lait sa belle statue blanche comme la neige, un cri
d'admiration s'éleva; on courut chercher M. le curé, et il
fut décidé qu'au lieu de garder la Vierge à la ferme, on en
ferait hommage à l'église du petit village. Le curé arriva,
donna de grands éloges à Delriau et emporta la Vierge, tout
fier de cette belle acquisition; il fit écrire au pied de la
statue : *Ceci est l'ouvrage d'un enfant de onze ans.*

M. Dorigny, après avoir diné à la ferme, à une table
dressée en plein air, et couverte de gibier et de laitage, se
rendit au château situé à une portée de fusil de la ferme; il
était tard, on était fatigué, et l'on fut se coucher.

« Cher papa, dit Auguste en traversant un long corridor,
est-ce ici que l'on trouve la chambre aux portraits?

_____

(1) Cet usage fort ancien existe encore dans la Bretagne, la Vendée et le
Poitou, quand le maître d'un château revient dans sa terre et qu'il y est
aimé de ses fermiers.

—Oui, mon ami, nous venons de passer devant la porte:
je te la montrerai demain.

— Pourquoi pas tout de suite, demandèrent les trois
enfants.

— Parce que je veux que vous dormiez; cette chambre
vous rappellerait, surtout à Auguste, l'histoire *effrayante*
DU PORTRAIT QUI MARCHE.

—-Ah! papa ne vous moquez pas de moi, je n'ai plus
peur de rien.

— Tu iras tout de même te coucher, mon ami, et tu atten-
dras jusqu'à demain pour voir cette chambre si fertile en
souvenirs. »

Il fallut se résigner; la fatigue ferma les yeux des enfants
presqu'au même moment où ils posaient leurs jeunes têtes
sur l'oreiller, et le jour seul les éveilla. Il était si beau ce
jour, si clair, si vif, si différent de celui de Paris! — Des
milliers d'oiseaux chantaient à s'égosiller. Laure et Amélie
se levèrent promptement, et lorsqu'elles descendirent dans
la salle à manger, elles y trouvèrent Auguste et Delriau
occupés à faire des lignes, pour aller pêcher, disaient-ils,
une belle friture pour le déjeuner.

Lorsque l'heure du déjeuner sonna, ils n'étaient pas
encore revenus; enfin, comme on allait se mettre à table,
ils accoururent portant en triomphe cinq ou six petits car-
peaux. M. Dorigny les plaisanta gaiement sur leur superbe
pêche et les engagea à rendre à l'étang cet innocent fretin.

On déjeuna sans friture, mais fort bien, et ce fut une
joyeuse partie que celle que l'on fit à l'étang. Il fallait voir
ces petits poissons bondir dans l'eau et renaître tout à coup
à la vie! On se promena pendant une heure, et M. Dorigny,
cédant aux instances de ses enfants, les ramena au château
pour leur faire voir la grande chambre, et surtout *le portrait du grand-oncle.* Une espèce de petit frisson involon-

8

taire saisit Auguste lorsque la porte de cette chambre s'ouvrit en criant sur ses gonds, car ils étaient rouillés ; mais
il se contenta de se serrer contre Delriau, et de lui dire
tout bas : « *Tu ne connais pas l'histoire du portrait qui marche ?* — Non, répondit Delriau en riant ; qu'est-ce donc que
cela ? — Je te le conterai, » reprit Auguste en s'arrêtant
devant les portraits, et en interrogeant du regard son
père chaque fois qu'il passait devant une tête à perruque
poudrée.

« Non, mon enfant, ce n'est pas celui-là, » et son père, le
prenant par la main, le conduisit au bout de la chambre.
Là se trouvait un grand portrait un peu isolé des autres, et
près de lui une petite porte. « Oh, le voilà ! s'écria Auguste ;
je le reconnais, il n'a pas l'air trop bon dans le fait ; comme
il me regarde ! est-il possible que mon oncle ait osé faire
des grimaces à une figure aussi sévère ? Il est bien laid,
papa ! — Oui, mon enfant, reprit M. Dorigny en souriant,
j'avoue qu'il n'est pas beau et qu'il n'a pas une figure aimable, mais ce n'était pas une raison pour lui manquer de
respect. Il avait d'ailleurs de grandes vertus, et il n'était
sévère qu'aux méchants. Voici tous vos parents morts, mes
chers enfants, rappelez-vous que ces portraits, quand je
mourrai aussi, devront vous être sacrés et passer de vos
enfants à leurs enfants.

Voici votre grand-père, et la mère de votre bonne maman.
— Oh ! qu'ils ont l'air bon ! s'écrièrent les trois enfants de
M. Dorigny, et Auguste ôta de lui-même, et par un mouvement que son cœur imprima à sa main, la petite casquette
qui couvrait à demi ses cheveux blonds. Une légère pres-
sion de la main de son père lui fit comprendre qu'il avait
bien fait.

« Voici la petite porte, dit M. Dorigny en tournant un
bouton, et cet escalier est celui par lequel Jérôme descendit

tout doucement : il n'eut qu'à faire ce que je fais en ce moment, et décrochant le portrait, il se plaça derrière lui et le fit glisser. Je ne puis pas soulever les yeux et la bouche, ajouta-t-il, le portrait a été réparé, ainsi que vous pouvez le voir, « et le tournant du côté des enfants, il leur montra les pièces qui paraissaient à l'envers.

« Que cela est curieux ! répétaient les enfants en se pressant les uns contre les autres. — Et où était votre lit, cher papa, et celui de notre oncle Ernest ?

— Ils étaient au fond de la chambre, en face du portrait.

— Mon Dieu ! que je suis content, s'écria Auguste, que Fifine m'ait conté cette histoire ! je n'aurais jamais pris à cette chambre l'intérêt que je vais y prendre.

— Sois surtout content, mon ami, d'avoir eu assez de confiance en moi pour m'en parler, et me la redire telle qu'elle l'avait été contée ; agis toujours ainsi, tu te préserveras de bien des fautes, et de beaucoup d'erreurs.

— Oh oui, papa, vous saurez toujours tout ce que je penserai, tout ce que je ferai.

— Oui, oui, cher papa, » s'empressèrent d'ajouter Laure et Amélie.

M. Dorigny les pressa tous trois sur son cœur, et ils sortirent de la chambre, que l'imagination d'Auguste avait peuplée pendant longtemps de choses si effrayantes, qu'il en avait perdu le sommeil.

Delriau les suivit, il était triste et silencieux.

« Qu'as-tu, mon enfant ! lui demanda M. Dorigny avec intérêt.

— Rien, monsieur ; quand je dis rien pourtant, j'ai tort, je me suis senti tout je ne sais comment devant ces portaits. Je les ai d'abord admirés, puis la tristesse m'a pris ; je me suis dit que je n'avais point une si belle suite de parents, et que je ne pourrais jamais retrouver les traits, même de mon grand-père Jérôme. Cela est si beau de pouvoir s'entourer de sa famille et de montrer à ses enfants ses aïeux !

— J'espère que ce n'est pas un mouvement d'orgueil qui te fait parler ainsi, mon ami ?

— De l'orgueil ! non, monsieur. — Oh ! je ne suis pas envieux de parents ayant de belles robes de soie, de beaux habits de magistrat ou de militaire. Je suis content et fier de mes parents tels qu'ils ont été ; je sais qu'ils ont toujours fait honneur au pays. Cela me suffit ; je n'ambitionne ni la fortune ni les beaux habits ; je sais bien que je suis le fils d'un paysan, et j'espère bien ne jamais l'oublier ; je ne désire qu'une chose, c'est de devenir assez habile pour faire les portraits de mon père et de ma mère : il est affreux de voir mourir ceux qu'on aime sans avoir rien d'eux, que le souvenir qu'on en garde.

— Tu es un singulier enfant !... et M. Dorigny l'embrassa, ému malgré lui. Je te ferai apprendre la peinture lorsque tu auras travaillé encore quelques années ; et d'ici là je ferai faire le portrait de ta mère et celui de ton père.

— Ah, merci ! s'écria Delriau en s'élançant au cou de son bienfaiteur.

— Je veux apprendre à peindre, » répéta Auguste une partie de la journée, tantôt à lui-même, tantôt à Delriau, tantôt à ses sœurs.

M. Dorigny proposa le lendemain à ses enfants, de venir visiter l'intérieur d'une chaumière vendéenne. — Lorsque vous en aurez vu une, mes petits amis, ce sera à peu près comme si vous les aviez toutes vues, car elles se ressemblent beaucoup, et ne diffèrent que par la grandeur et par le plus ou moins de meubles.

On se mit gaiement en route, et l'on arriva au bout d'une demi-heure, chez une des fermières de M. Dorigny.

IX. — Intérieur d'une chaumière vendéenne.

La maison de Jacqueline, dont le toit est couvert partie en
tuiles et partie en chaume, se compose de deux pièces : l'une
d'elles sert à mettre les paniers, les sacs de pois, le lin nouvellement cueilli, le son, les ustensiles de lessive, et le lit
du valet de charrue ; l'autre, plutôt longue que large, et
dans laquelle on entre tout d'abord, est remplie par une
telle quantité de meubles, qu'ils sont entassés les uns sur
les autres.

La flamme du foyer brille dans une cheminée si grande
que l'on peut faire asseoir deux ou trois personnes sur de
petits bancs placés, pour cet usage, dans l'intérieur même
de cette cheminée ; il pourrait tenir dans l'âtre la moitié d'un
arbre. La marmite est toujours sur le feu. On est presque
sûr, à quelque heure qu'on entre dans une de ces chaumières, de trouver cette marmite près du foyer, tantôt pleine
de pommes de terre, appelées dans le pays *patates*, et destinées d'ordinaire aux cochons ; tantôt pleine de choux et de
lard, nourriture que le paysan du Poitou et de la Bretagne
emploie de préférence à tout autre.

Le manteau de la cheminée est décoré d'une grande
quantité d'images de saints, peints grossièrement en bleu
et en rouge sur du papier aussi commun que les couleurs
qui le couvrent. On y voit aussi des fusils de chasse ou de
munition ; on en compte souvent jusqu'à quatre ou cinq.
Ils sont rarement nettoyés, et sont souvent recouverts d'une
rouille très-respectable.

Des deux côtés de la cheminée sont les lits. Un bénitier et une petite croix de bois sont attachés au chevet de ces lits, qui, faits à l'antique, ont quatre colonnes soutenant une espèce de dais, garni, comme les colonnes, en laine verte, ornée de galons rouges ou jaunes; des rideaux, semblables au dais, en font tout le tour la nuit, et vous emprisonnent comme si vous étiez dans une boîte. Ces rideaux se roulent le jour autour des colonnes. Le dedans des lits est fort bon; il se compose de plumes et de laine; leur hauteur est si extraordinaire qu'on ne peut y atteindre pour se coucher, qu'en montant sur des coffres étroits, qui sont placés le long des lits. Sur ces coffres, faits en bois de chêne ou de noyer, on voit souvent des petits lits d'enfants, nommés, dans le pays, *baires*. Ces petits lits ressemblent à un lit de poupée. Là dorment emmaillotés, et ficelés à ne pouvoir faire le moindre usage ni de leurs bras, ni de leurs pieds, de gros enfants aux faces rouges et barbouillées.

Les coffres sur lesquels on pose les petits *baires*, lorsque vient la nuit, servent à renfermer les vêtements des paysans, les cruches de lait, le pain et la farine : chacun d'eux a sa destination. Celui qui est consacré au lait, contient souvent jusqu'à dix ou douze grands pots de terre brune; la plupart sont remplis de lait caillé recouvert d'une crême épaisse, qu'on enlève avec précaution, et qui sert à faire le beurre; les autres contiennent d'excellent lait, bien différent de celui que l'on boit à Paris, les vaches étant toujours en liberté et paissant les meilleurs pâturages : tandis qu'à Paris les pauvres bêtes sont toujours renfermées dans leurs étables, ne prenant ni air ni exercice, ne broutant que du regain, et bien rarement un peu d'herbe fraîche cueillie dans les champs. Leur lait se ressent de ce triste régime.

Le coffre consacré au pain en contient toujours une grande quantité, sans compter ceux qui sont placés sur une

planche suspendue à deux soliveaux. Cette planche reçoit
quatre à cinq pains ronds de six livres. Ils sont séparés les
uns des autres par une petit morceau de bois qui les empêche de rouler. Ce pain n'est pas aussi bon que le lait, tant
s'en faut ; le paysan garde sa belle farine pour la vendre, et
ne consacre à sa nourriture que le rebut de cette farine ; son
pain est noir, et le goût en est peu appétissant. Comme on ne
boulange que tous les quinze jours et que l'on fait cinq ou
six repas dans la journée, il faut faire à la fois une grande
quantité de pain, et quand vient la fin des quinze jours, il
est si dur qu'on peut à peine le couper.

Un autre coffre, contenant la farine, sert à pétrir le pain,
lorsqu'on a mouillé cette farine, on la brasse avec les mains
et les bras qu'on y enfonce jusqu'au coude, et dès qu'elle est
bien pétrie, on lui fait prendre la forme d'un grand rond ;
on place chacun de ces ronds dans une corbeille de paille
grossière appelée *paillasson*, et on emporte sur sa tête et
sous ses bras trois de ces paillassons jusqu'au four. Là on
fait glisser, sur une grande pelle de bois bien large, bien
plate, chaque pain, et on l'envoie adroitement tomber sur
les pierres brûlantes du four. Lorsqu'une première fournée
est cuite, on en remet une seconde, suivant le nombre des
pains ou la grandeur du four.

On a coutume de terminer par une galette, qui, faite avec
ce qu'on a gratté de la farine tout autour du coffre, n'est
guère meilleure que le pain, quoique l'on y mette toujours
du beurre et quelques œufs. Cette galette est destinée aux
enfants, et l'on ne peut se faire une idée de leur joie, lorsque le moment de la manger arrive. Ils ne connaissent rien
d'aussi bon, et ne s'imaginent pas qu'il puisse exister de
meilleure pâtisserie que leurs galettes.

Le reste de la chambre est tapissé de meubles également
en bois de cerisier ; ce bois est très-commun dans le Poitou,

dans la Vendée et une partie de la Bretagne. Il imite l'acajou et on le travaille avec un soin tout particulier, même
dans les campagnes. On charge les meubles, c'est-à-dire les
buffets, et surtout les armoires, d'une quantité de ronds, de
losanges, d'arabesques grossiers sculptés en bosse, et qui
ne manquent pas toujours de goût. Ces buffets et ces
armoires ont de belles serrures bien luisantes; les paysans
mettent tout leur orgueil dans la propreté de leurs meubles; ils les frottent à tour de bras, et l'on peut, à défaut de
glace, se mirer dans les portes de leurs armoires et de leurs
buffets. Il y a peu de pays où l'on travaille le bois aussi bien
que dans la Vendée, et beaucoup de ces meubles grossiers
offrent des sculptures qui les rendent assez curieux, pour
qu'on les plaçât volontiers dans un appartement de ville.

Les enfants de M. Doriguy observèrent avec beaucoup
d'intérêt toutes ces choses, dont la complaisante fermière
leur donna l'explication.

Ils voulurent faire un repas frugal, un repas de paysan,
ils s'assirent gaiement sur les bancs placés près de la table;
on leur servit du lait caillé, et un restant de la galette bou-
langée la veille; mais, au grand étonnement des enfants de
la fermière, le lait caillé et surtout la galette provoquèrent
de telles grimaces, que le pauvre Auguste, moins maître de
lui que ses sœurs, s'écria : « *Il faut avouer que c'est joliment
mauvais!* »

La bonne fermière ne parut pas choquée de cette parole,
qui valut à Auguste un regard sévère de son père, et un
coup de coude de sa sœur aînée. Elle offrit du lait tout frai-
chement tiré, et ce lait dédommagea amplement les enfants
du mauvais goût que la galette avait laissé dans leurs
petites bouches habituées aux brioches et aux gâteaux de
Nanterre.

On fit quelques cadeaux à la fermière, et l'on revint au château.

« Fi ! que c'était mauvais, répétait encore Auguste en se mettant à table pour dîner.

— Je ne te dis pas le contraire, mon ami, reprit son père ; que tu t'en plaignes à présent, je le conçois ; mais je ne saurais trop te recommander de ne jamais trouver à redire à ce que tu manges, lorsque tu te trouves chez des étrangers, et surtout chez des personnes qui se regardent comme tes inférieurs. Cette brave Jacqueline t'a donné ce qu'elle avait de meilleur, ce qu'elle croyait fermement devoir te paraître excellent. Juge de sa mortification lorsqu'elle t'a entendu t'écrier : *Il faut avouer que c'est joliment mauvais !* Tu ne te fais pas d'idée encore combien un mot dit inconsidérément peut blesser ! Il faut te tenir désormais sur tes gardes ; il est si pénible d'affliger ceux qui cherchent à nous être agréables ! Eh bien, mon ami, Jacqueline a eu, quoiqu'elle soit sans éducation, le bon esprit de ne pas te laisser voir l'humiliation qu'elle éprouvait ; au lieu de te répondre aigrement, ainsi que tu le méritais : *Pourquoi venez-vous manger chez moi ? vous savez bien que ma cuisine ne ressemble pas à la vôtre ;* elle t'a offert avec bonté du lait, et a paru fort joyeuse de te voir le trouver bon.

— J'ai eu bien tort, mon cher papa, s'écria Auguste les yeux pleins de larmes, et reposant dans son assiette sa cuillère pleine de soupe, qu'il n'avait pas le courage de porter à sa bouche, je voudrais retourner chez Jacqueline ; je crois que je pourrais me forcer assez pour manger de la galette.

— Nous ferons cet essai avant de retourner à Paris, mon ami ; il faut s'habituer à manger de tout ; nul ne peut savoir dans quelle position il se trouvera. Tu vois combien cette galette semble bonne, même encore à Delriau ; pourquoi ne parviendrais-tu pas à la trouver, si ce n'est bonne, du moins passable ?

— Ah! papa, Delriau ne l'aime pas, je vous assure. Celles que fait Véronique sont si différentes! à la bonne heure, ces galettes-là, on se ferait fouetter pour en manger! » à ces mots, tous les enfants éclatèrent de rire, et M. Dorigny lui-même ne peut garder son sérieux.

Auguste n'était pas gourmand. Il retourna chez Jacqueline; il mangea de la galette; il fit moins la grimace; il y retourna encore, et finit par ne plus la faire du tout

« Ce n'est pas que ce soit bon, disait-il en revenant avec son père, mais c'est moins mauvais que je croyais, et je sens que je m'y ferai. » M. Dorigny l'embrassa, et lui dit : « Je suis content de toi. » Cette parole, tombant de la bouche d'un père, est la plus douce récompense que puisse recevoir un enfant. Auguste rougit de joie, et baisa la main de son père.

Il fallut revenir à Paris; quitter les bois, les champs, les oiseaux, les fleurs, les poissons, les poules, les agneaux, et Véronique! cette bonne Véronique, tant aimée des enfants de M. Dorigny! elle les serra dans ses bras, en leur disant adieu et en pleurant sur leurs jeunes et fraîches têtes, inclinées sur son sein. Puis, quand vint le tour de son fils, de son cher Delriau, elle le bénit et lui recommanda en pleurant de ne jamais oublier son village.

Laure et Amélie retrouvèrent à Paris leurs jolies colombes, qui battirent des ailes en les revoyant.

Auguste retrouva M. Mauriel, les Grecs et les Romains, *les bons points* et *les pensums*, plus rares, il faut en convenir, que les bons points. Delriau courut à l'atelier de David, et se remit avec ardeur au travail. Plusieurs années se passèrent ainsi.

Laure et Amélie étaient devenues très-fortes sur le piano:

elles dessinaient fort bien, savaient l'anglais, et tenaient,
avec beaucoup d'ordre, la maison de leur père.

Auguste avait quinze ans; il avait fait de très-bonnes
études, et son père l'avait laissé libre de se livrer à la
sculpture et à la peinture. Il commença par aller chez David,
et il travailla pendant plusieurs mois avec une grande assi-
duité; mais ses progrès étaient si lents qu'il se découragea
bientôt, et David lui ayant dit, au bout d'un an de travail,
qu'il n'était pas né pour être sculpteur, et qu'il perdait
son temps, Auguste renonça à un art où il reconnaissait lui-
même qu'il ne faut pas de médiocrité. Il voulait être artiste:
c'était son rêve favori. Il se fit admettre dans l'atelier
d'Ingres; et, comme il dessinait d'après la bosse, il espéra
qu'on le mettrait bientôt à la peinture, puis aux portraits.
Vain espoir; on le remit aux oreilles, aux nez, aux yeux,
et on le tint aussi longtemps sur les premiers principes, que
s'il n'avait jamais manié un crayon. Il se dépitait, s'en-
nuyait, se décourageait, ne faisait rien de bon, et restait
toujours sur ses nez et sur ses oreilles. Enfin, au bout d'un
mois, il fit une tête de profil; au bout d'un an une bosse,
mais on la trouva mal; et, dans son désespoir, il la déchira
en mille morceaux. Les élèves se moquèrent de lui;
M. Ingres lui dit que lorsqu'on n'avait pas de génie il fallait
avoir de la patience, et M. Ingres avait raison; les dessins
qu'Auguste avait apportés en entrant à l'atelier, et qu'il
croyait fort bons, étaient mauvais et sans principes arrêtés;
ils prouvèrent au maître que le jeune homme, ou n'avait
pas de dispositions, ou avait été mal commencé.

Auguste se mordit les lèvres et sortit de l'atelier le cœur
plein d'amertume : *Lorsqu'on n'a pas de génie*, répétait-il
encore en montant l'escalier de son père, *lorsqu'on n'a pas
de génie, il faut avoir de la patience.* « Allons, le sort en est
jeté. Je ne serai ni sculpteur, ni peintre! Que serai-je donc? »

murmura-t-il en se laissant tomber sur une chaise, et en
posant sa tête sur une table... « Je serai poète! s'écria-t-il,
en se levant tout à coup! Oh! ce sera là une gloire, une
carrière belle à suivre! » Et saisissant un cahier de papier,
il plongea sa plume dans l'écritoire, et s'inspira en regardant le plafond, en roulant ses cheveux sous ses doigts, et
commença ainsi :

> La poésie en moi fermente, agit et parle.

« Agit et parle, » répétait-il à perdre haleine, « agit et
parle! Parle, parle ; où trouver la rime! ô la maudite rime!
Si je m'appelais Charles, cela irait tout seul ; mais je m'appelle Auguste... Allons, il faut chercher encore... » Et il
se leva, et il se promena, cria, gesticula, la rime ne vint pas.
Il lança son cahier au fond de son secrétaire, et descendit
trouver Delriau, qui rentrait en fredonnant un joyeux
refrain d'une chanson de son pays.

« As-tu jamais fait des vers? lui dit-il en l'abordant.

— Non, répondit Delriau en riant. Pourquoi cela?

— Parce que je voulais savoir si la rime t'avait jamais
embarrassé. Il me semble que je ferais des vers superbes,
s'il n'y avait pas la rime pour m'arrêter

— Je crois, reprit Delriau en ouvrant un livre que David
lui avait prêté la veille, et qu'il avait déjà lu près d'à moitié,
je crois que celui qui a fait ce livre n'a pas eu besoin de
s'inquiéter s'il pourrait ou non trouver des rimes.

— Quel est ce livre?

— Au pied de la Croix. C'est un recueil de poésies reli-
gieuses ; c'est à faire croire en Dieu celui qui serait assez
malheureux pour en douter!

— Et tu dis que ce sont de beaux vers?

— Oui, et celui qui a pu les faire est né poète. Sois bien
sûr que la rime ne l'a jamais arrêté. »

Auguste arracha le livre des mains de son ami avec une humeur qu'il ne chercha pas à réprimer, et lut tout haut : *Au pied de la Croix, par M. Justin Maurice.* « Je croyais, à l'entendre, que le livre était fait par Lamartine! Et bien, qu'est-ce qu'ils ont donc de si beaux, ces vers?

— Lis, » dit le jeune sculpteur en s'éloignant. Auguste s'assit dans l'embrasure d'une fenêtre; il lut, puis sa tête se pencha; il rêva, puis il reprit le livre, lut encore, s'anima, s'attendrit, et levant les bras vers le ciel, il s'écria :

« Mon Dieu, que c'est beau! Je sens tout cela, mais je ne saurais l'exprimer ainsi. Non, je ne suis point né poète!... Que ferai-je donc? s'écria-t-il avec désespoir, et en se frappant le front : Serai-je un homme inutile à la société?

— Non, mon fils, » lui dit M. Dorigny, qui venait d'entendre ces derniers mots. « Crois-tu que le sculpteur, le peintre et le poète soient les seuls hommes qui puissent être utiles à la société? Et parce que tu comprends enfin que la nature n'a pas créé en toi un artiste, tu te désespères. Réjouis-toi plutôt : tu échappes à l'écueil le plus dangereux qu'un jeune homme puisse rencontrer, celui de s'obstiner à devenir artiste, ou poète, lorsque la nature ne l'a pas créé pour cela.

— Et que serai-je donc, mon père? répétait Auguste.

— Tu seras avocat, ou médecin, ou notaire, ou négociant : crois-tu que ces états n'honorent pas à la fois et l'homme qui les remplit avec zèle, et le pays dans lequel il les exerce.

— Mais, mon père, si vous aviez voulu faire de moi un négociant, il était bien inutile, ce me semble, de me faire apprendre le grec et le latin.

— Je ne veux rien t'imposer, mon ami. Tu choisiras toi-même l'état pour lequel tu te sentiras du penchant; mais rappelle-toi qu'au lieu de jamais regretter tes études, tu

sentiras, dans quelque situation que tu te trouves, tout ce
que tu me dois, tout ce que tu dois à cet excellent M. Mauviel. Le moindre petit négociant est instruit à présent. Je
suis assez riche pour te mettre à la tête d'une maison de
commerce, ou pour t'acheter une étude : choisis, mon ami,
il est temps que tu te décides.

— Eh bien, mon père, puisque vous me laissez libre,
je voudrais suivre la carrière militaire. Enfant, j'avais du
goût pour les armes, le bruit, les pétards : cela s'est passé !
Mais je crois que je pourrais entrer à l'École Polytechnique,
je suis assez fort en mathématiques ; et je ne vois que cette
carrière qui puisse me consoler de n'être pas artiste.

M. Dorigny approuva la résolution d'Auguste. Il le fit
entrer à l'École Polytechnique ; Auguste y travailla avec
zèle, avec ardeur, et en sortit trois ans après sous-lieute-
nant du génie ; il rendit de grands services à son pays en
perfectionnant plusieurs travaux très-importants qui lui
avaient été confiés dans les ponts et chaussées. Il obtint un
rapide avancement, et lorsqu'il revint chez son père, et
qu'il retrouva son cher Delriau, devenu l'un de nos
premiers sculpteurs, il lui secoua la main, et lui dit en
riant :

« Tu crées des statues ; moi j'élève des digues, ou je cons-
truis des ponts. Nous irons loin tous deux !

— Oui, mon cher Auguste, et si tu avais voulu être
artiste et moi capitaine de génie, nous serions restés en
route. — Je le sens bien, reprit Auguste, et la première
chose que j'apprendrai à mes enfants quand j'en aurai, ce
sera de ne pas se laisser éblouir par tout le prestige dont
s'entourent les arts et les lettres, pour quelques hommes
qui sont arrivés à se créer une existence et un nom ; combien il en est qui languissent obscurs, et meurent dans la
misère, tandis que s'ils avaient, dès leur plus tendre jeu-

nesse, étouffé ce désir de gloire, qui les égare et leur fait croire qu'ils s'élèveront du milieu de la foule, ils auraient choisi un état honorable et lucratif, selon la fortune de leurs parents et leur position dans le monde.

L'avenir d'un homme dépend presque toujours du choix d'un état.

FIN DES HEURES DE RÉCRÉATION.

L'HOSPITALITÉ

Extrait des *Causeries pour la Jeunesse*.

Parmi les devoirs que nous imposent Dieu et les hommes, l'hospitalité fut dans tous les temps et chez toutes les nations celui qu'on remplit avec le plus d'empressement et de fidélité. « Fais pour les autres ce que tu voudrais qu'il te fût fait! » nous dit un des plus beaux dogmes de la morale. « Aide-moi! je t'aiderai quelque jour, » semble nous dire la personne que nous recueillons sous notre toit, que nous admettons à notre table, à notre foyer.

Ces vérités, qu'on ne saurait graver de trop bonne heure dans la mémoire des enfants, seront prouvées par le récit que je vais faire à mes jeunes lecteurs d'une anecdote que j'ai recueillie dans un village des environs de Paris.

Le château de R*** venait d'être vendu par un banquier très-renommé, que des spéculations de Bourse avaient ruiné de fond en comble. On ne voit que trop souvent, hélas! de ces victimes d'une insatiable ambition. L'acquéreur de cette belle terre était un ancien manufacturier retiré du commerce, septuagénaire, veuf et sans enfants. Habitué toute sa vie à faire du bien, il projetait d'en répandre de nouveau; mais, voulant s'assurer qu'il placerait utilement

ses bienfaits, il résolut de mettre à l'épreuve les divers
habitants du village où l'on ne connaissait ni ses traits ni sa
personne. Il arriva donc le soir dans sa nouvelle propriété;
et dès le lendemain matin, sous les habits d'un honnête
indigent, accompagné d'un gros chien de ferme, son gardien
fidèle, un bâton noueux à la main et sa belle tête chauve
couverte d'une vieille casquette, il parcourt plusieurs habitations, où il se présente comme un ancien ouvrier de
manufacture, sans parents, hors d'état de travailler, et
n'ayant plus pour ressource que l'attachement de son chien
et la commisération des personnes charitables qui daigne-
raient l'assister.

On se doute aisément qu'il fut plus ou moins bien accueilli
de ceux qu'il éprouva. Rudoyé par les uns, humilié par les
autres, quelquefois même soupçonné d'être un malfaiteur,
quoique sa figure vénérable dût écarter un pareil soupçon,
il fit la cruelle expérience que ce ne sont pas toujours les
heureux du siècle qui savent le mieux compatir au malheur.
Aussi, lorsqu'il rentrait au château, vers dix heures, il
inscrivait sur un registre les noms de tous ceux qu'il avait
visités, et prenait une note exacte des diverses réceptions
qu'on lui avait faites.

Un jour qu'il achevait sa ronde d'indigent, selon son
usage, il aperçoit à la grille d'une belle habitation deux
jeunes personnes escortées d'une vieille gouvernante : elles
étaient parfaitement vêtues, âgées de douze à treize ans;
elles marchandaient d'élégantes ombrelles que leur présentait un colporteur, et qu'elles payèrent chacune vingt francs
renfermés dans une riche bourse contenant leurs économies.
Le soi-disant pauvre vieillard les aborde avec confiance,
espérant obtenir quelques secours de ces belles opulentes.
Quelle est sa surprise d'entendre l'aîné des deux sœurs lui
dire avec un regard de mépris et une insultante dureté :

9

« Est-ce qu'on demande ainsi, sans être connu? Passez passez votre chemin? — On n'en finirait pas, ajouta la cadette, s'il fallait donner à tous ces gens-là. » Le faux indigent se retira sans rien répondre; et, s'informant dans le voisinage du nom des deux impitoyables, il apprit qu'elles étaient les seules enfants d'un grand spéculateur de terrains, nommé Charlel, élevées par une mère éblouie de son opulence, et dont l'égoïsme ne pouvait être comparé qu'à sa vanité.

Quelque temps après, c'était la matinée d'une belle journée du mois de juin; le malin vieillard, parcourant les environs du village, aperçoit une humble habitation, espèce de chaumière isolée dont la porte était fermée. Sept heures venaient de sonner au clocher de la paroisse; il ne pouvait concevoir comment cette demeure n'était pas ouverte; et sa première pensée fut qu'elle était inhabitée. Il s'assied donc sur un bloc de pierre placé tout près de l'entrée, pose auprès de lui son gros bâton, caresse d'une main son chien fidèle; de l'autre il ôte sa vieille casquette, découvre son front septuagénaire; et, cédant à cette douce fraîcheur du matin qui jette dans tous les sens un baume délectable, il s'endort profondément.

Il reposait depuis quelques instants, lorsque tout à coup s'ouvre la porte de l'habitation, d'où sortent deux petites villageoises de neuf à dix ans, qui voyant le vieillard endormi, craignent de troubler son sommeil et tiennent à voix basse la conversation suivante : « Dis donc, Georgette, as-tu peur? — Du tout, ma sœur : il a une si bonne figure! — Et c' gros chien qui fait le guet auprès d' lui? — I' garde son maître; c'est tout simple. — S'il allait sauter sur nous! — Oh! qu' non : ces bons animaux-là, Lise, aiment trop l'z enfants, pour leur faire aucun mal. — Et si l' vieillard se réveille, qu' ferons-nous? — Nous l' ferons entrer dans not' demeure. — Et si c'était un malfaiteur? — Pas possible : il a l'sommeil trop doux. — Maman nous grondera ; ça c'est sûr. — Eh non ; elle nous recommande si souvent d'être bonnes pour les pauvres gens! — Il est vrai : quoique ça je n'suis pas trop rassurée. — Et moi, j'gagerais que c'est un brave homme... i' s'réveille ; nous allons bien voir. »

Le vieillard en effet ouvre les yeux ; et soudain apercevant les deux sœurs dont les regards sont attachés sur lui, il leur dit : « C'est vous, je le vois, qui habitez cette demeure? — Nous-mêmes, mon bon monsieur, lui répond Georgette : qu'y a-t-il pour vot' service? — Hélas! mes bonnes petites, je ne suis pas un monsieur, mais un pauvre vieil indigent réduit à réclamer l'assistance des âmes charitables. — Dame! nous n'avons point d'argent à vous donner, reprend la jeune fille. Not' mère, qu'est sage-femme, a passé toute la nuit hors de la maison ; elle a la clef du coffre. Mais ça ne nous empêche pas d'vous offrir d'quoi vous donner quéqu'forces, ajouta Lise, enhardie par le son de voix si touchant de l'inconnu. — Ce n'est pas de refus, mes petits anges ; car je sens déjà que la faim me tourmente. — J'vous offrirais bien l'bras, continue Lise ; mais j'ai trop grand' peur que vot' gros chien n'me morde : i' n'f'rait d'moi qu'une bouchée. — Lui! c'est le plus excellent animal!... regardez! il comprend déjà que vous daignez m'accorder l'hospitalité, et le voilà qui vous caresse. » Le chien, en effet, léchait la main de Georgette, qui avait osé la lui poser sur la tête, et venait se frotter contre Lise avec toute l'expression de la reconnaissance.

L'inconnu, à peine introduit dans la chaumière, est placé par les jeunes filles dans un grand fauteuil de bois. « C'était celui d'not' grand-père, dit Georgette; et vrai, j'croyons le r'voir en vous. — I'm'a souvent prise là, dans ses bras, dit

Lise, et fait de bien douces caresses. — Eh bien! venez
dans les miens! répond le vieillard, et je tâcherai que l'illu-
sion soit complète. — Je n' demand'rais pas mieux, mon
brave homme; mais j' crains toujours qu' vot' gros chien
n' me morde. » En ce moment même la pauvre bête vint
lui lécher les mains, et la jeune fille, enhardie par cet admirable instinct de l'animal, lui rend caresse pour caresse.
« Tenez, bon homme, reprend Georgette, avalez-moi c'
verre de vin; c'est du pays; i' gratte un peu l' gosier, mais
ça rafraîchit. — A mon tour, ajoute Lise, j' vous offre un
reste de gâteau d' froment qu' ma mère m'a donné hier au
soir pour mon déjeuner de c' matin, avec un morceau d'
fromage salé; c' qui vous excite l'appétit, dame, faut voir!
— Et vous, chère enfant, avec quoi déjeunerez-vous? —
Est-ce qu'il n'y a pas du pain dans la huche, donc? un peu
ser, mais, c'est égal. — V'là encore, reprend Georgette,
de ix grosses pommes d' l'année dernière, que j' conservais
précieusement ; je n' saurais en faire un meilleur usage. —
J' voudrions, reprend Lise aussitôt avoir d'aut' bonnes
choses à vous offrir; mais c'est tout c' que nous avons. » Et
là-dessus les deux sœurs prennent chacune une main du
vieillard, qu'elles pressent sur leur cœur avec une expression ravissante. Enfin, tout ce qui peut donner une juste
dée de la plus généreuse hospitalité fut employé par
Lise et Georgette pour convaincre l'inconnu de tout le
bonheur qu'elles éprouvaient à le recevoir; et son chien
ne fut pas moins festoyé... Mais déjà le soleil étant au tiers
de sa course, le vieillard annonça qu'il allait continuer sa
route. « Nulle part, leur dit-il, je ne serai accueilli mieux
que chez vous... et je vous promets d'en conserver longtemps le souvenir... Comment se nomme votre mère? —
Madame Chopin, veuve depuis cinq ans. — Ne m'avez-
vous pas dit qu'elle était sage-femme? — Sans doute, et bien

connue dans l' canton. Adieu, mes bonnes petites... mes
anges tutélaires! nous nous reverrons... j'ose l'espérer. En
attendant, soyez toujours bonnes, hospitalières, et le ciel
vous en récompensera. — Vous nous promettez, dit Georgette, de r'venir nous voir, vous asseoir dans le fauteuil de
not' grand-père? — Et de nous ram'ner vot' bon chien, dont
je n'ai plus peur! ajoute Lise en le caressant de nouveau;
comment l'appelez-vous? — Fidèle : n'est-ce pas qu'il est
bien nommé?... Au revoir donc, mes jeunes amies! ce sera
plutôt peut-être que vous ne pensez. » A ces mots, il s'éloigne en retournant de temps en temps la tête du côté des
deux sœurs, et leur exprimant du geste les vœux qu'il faisait pour leur bonheur.

Quelque temps après eut lieu la fête patronale au village.
On annonça que M. Germont, nouveau propriétaire du château, voulant payer sa bienvenue dans le pays donnait
dans son parc un bal à tous les habitants du canton; et
qu'au grand banquet servi dans l'orangerie, il serait fait un
présent à toutes les jeunes filles, sans distinction. Ces bruits,
accrédités par les gens du château, qui parlaient sans cesse
de l'opulence et des traits de générosité de leur maître, excitèrent l'intérêt et la curiosité de toutes les classes des habitants; il n'y eut pas une seule famille qui ne s'empressât de
se rendre à un semblable appel. La soirée était ravissante,
et des groupes nombreux entouraient, en dansant, un
orchestre bien composé et placé au centre d'une brillante
illumination. Monsieur Germont, parfaitement vêtu, sa tête
chauve couverte d'une titus ondoyante, n'offrait pas la
moindre ressemblance avec le vieil indigent qu'on rencon-
trait souvent le matin, parcourant le village et ses environs.
Mêlé dans les groupes, il examinait à son aise les divers
personnages inscrits sur son registre, avec les notes fidèles
des diverses réceptions qu'il avait eues. Il remarqua la

famille Chardel, dont les deux demoiselles, étalant, à l'ins-
tar de leur mère, une toilette très-recherchée, dédaignaient
de se mêler à la danse avec les jeunes villageoises qui en faisaient le charme et l'ornement. Il aperçut aussi, dans un petit
coin sombre, la modeste madame Chopin, assise, avec ses
deux filles, sur un tertre de gazon, et n'osant pas leur permettre de se livrer à la danse. Georgette et Lise étaient
simplement vêtues, mais avec une extrême propreté; et
sous leur bonnet rond on remarquait les figures les plus
expressives. Le maître du château feignit de ne pas les connaître; mais, les recommandant particulièrement à plusieurs jeunes gens de sa société, il eut la jouissance de les
voir participer aux plaisirs de la fête, ce qui causait à leur
mère une joie inexprimable, et surtout une surprise étrange
de ce que plusieurs messieurs daignaient être les cavaliers
de sés filles, dont l'âge, la mise et la condition ne pouvaient
attirer sur elles un regard favorable.

Enfin, le banquet est annoncé dans l'orangerie, où une
table en fer à cheval contenait environ deux cents couverts.
Chacun s'empresse d'aller y prendre place; mais la timide
madame Chopin n'osait pas s'y présenter avec ses enfants,
lorsque les mêmes cavaliers qui les avaient fait danser
viennent leur donner la main, ainsi qu'à leur mère, et les
conduisent toutes les trois au haut de la table, auprès de
monsieur Germont. Elles en rougissaient de confusion, et
ne pouvaient concevoir ce qui leur attirait un pareil honneur. A la droite du vénérable Germont s'était placée la
brillante madame Chardel, escortée de ses deux demoiselles,
étalant la plus riche parure, et se gourmant comme la reine
de la fête. Jamais banquet ne fut plus joyeux et mieux
ordonné. Le plaisir, causé par ce mélange de tous les rangs,
brillait sur la figure de chaque convive. Un toast général
fut porté au maître du château; il y répondit avec cette

vive émotion de l'homme de bien, et en même temps avec
cette modestie d'un sage que n'éblouit point l'éclat de la
fortune. « A vous, excellente femme! dit-il à la timide
madame Chopin, et à vos deux charmantes filles! » Elles
se regardent toutes les trois, et ne savent ce qui peut leur
attirer une distinction aussi flatteuse, lorsque le gros chien,
qu'on avait laissé sortir de sa niche, rôdant autour des nombreux convives, et flairant chacun d'eux, vint caresser Georgette, qui le reconnaît et dit à Lise : « C'est Fidèle! c'est l' chien
du pauvre vieillard.—Faut croire, lui répond sa sœur, que l'
cher homme est r'venu, comme i' nous l'avait promis, et
qu'il s'est mêlé dans la foule. — Oh! qu'j'aurais d' plaisir à
le r'voir! reprend Georgette. — Et moi, donc! ajoute Lise.
— Je ne suis pas moins empressée que vous, mes enfants,
dit madame Chopin, de l' connaître et d' lui donner l'hospitalité. Sitôt qu'on se lèv'ra de table, nous l' chercherons
dans l' parc, et l'emmènerons coucher chez nous. » Monsieur Germont entendait cet entretien, et jouissait en secret
de leur méprise. Le festin terminé, on passe dans les salons
où se trouvaient étalées les diverses offrandes annoncées
pour les jeunes filles. Chacune d'elles les convoitait des
yeux ; et mesdemoiselles Chardel avaient déjà remarqué un
coffret de satin rose, orné de fleurs admirablement brodées,
et qui leur paraissait contenir le cadeau qu'on leur destinait.
Enfin, la distribution va commencer : monsieur Germont
reparaît. Mais ce n'est plus l'opulent propriétaire du château; c'est le vieil indigent dont il a repris l'humble costume,
et sa tête chauve est dans toute sa nudité. Chaque habitant
du village le reconnaît ; Georgette et Lise poussent un cri de
joie en s'écriant : « C'est lui! » Les brillantes demoiselles
Chardel baissent les yeux, en répétant avec confusion :
« Oui, c'est bien lui. »

Le pauvre vieillard annonce alors que monsieur Germont

l'a chargé de faire aux jeunes filles du village une offrande
qui donnât à chacune d'elles la récompense des secours qu'il
en avait reçus. Celle-ci, qui lui avait donné quelques pièces
de monnaie, les retrouve dans une bourse de soie, avec une
longue chaîne de cou et des boucles d'oreilles en or. Celle-
là qui s'était privée d'excellents fruits pour les lui offrir, et
dont les fiançailles allaient avoir lieu, reçoit en échange un
riche habillement de mariée. Cette autre, qui l'avait recueilli
par un violent orage, et s'était fait un devoir de sécher
elle-même ses habits à son modeste foyer, trouvait un juste
de soie bleue, avec la jupe et un tablier de mousseline bro-
dée, enveloppés dans la souquenille que portait ce jour-là
le pauvre vieillard. En un mot, le moindre service fut généreusement acquitté, surtout envers ceux qui n'avaient pu
donner que sur leur nécessaire. Arrive le tour de mesdemoiselles Chardel, qui lorgnaient toujours avec avidité le
beau coffret de satin rose; mais elles ne reçoivent qu'une
feuille de papier, roulée sous un ruban noir : la curiosité les
excite à l'ouvrir; et leur confusion est extrême, lorsqu'elles
lisent les mêmes mots qu'elles avaient adressés au pauvre
septuagénaire : *Passez, passez votre chemin! On n'en finirait
pas, s'il fallait donner à tous ces gens-là.* » Les deux sœurs
pâlissent de dépit et de honte : leur mère prend l'écrit qu'elle
lit à son tour, et se retire avec ses filles, qui, sans doute,
profitèrent de la leçon.

« A vous! dit alors le faux indigent aux deux sœurs Chopin. A vous, qui m'avez comblé de tout ce que l'hospitalité
peut inspirer de plus touchant! Ce ne furent ni l'éducation,
ni l'usage du monde, excellentes créatures, qui vous portè-
rent à m'accueillir avec tant de gentillesse et de bonté :
c'était ce noble élan des cœurs compatissants... recevez-en
donc le juste salutaire. » Il leur remet, à ces mots, le brillant coffret de satin rose contenant des parures analogues à

leur condition, et pour chacune d'elles un rouleau de pièce
d'or, puis il ajoute : « Vous trouviez que je ressemblais à
votre grand-père, lorsque j'étais assis entre vous deux,
dans son fauteuil; eh bien! c'était Dieu qui vous inspirait;
car, dès ce moment, je vous regarde comme mes enfants.
Vous habiterez au château, ainsi que votre digne mère, qui
exercera gratis, dans le village, son utile profession. Vous
serez élevées sous mes yeux; et, après moi, vous jouirez
d'une portion de ma fortune. Viens, ma Georgette! viens,
ma Lise!... Je veux que tous les matins vous veniez à moi
dans le grand fauteuil de bois qui sera placé dans ma chambre; et je vous devrai, bonnes petites, la consolation des
infirmités de ma vieillesse, et le bonheur du reste de ma
vie. »

Il serait difficile de peindre l'étonnement et l'ivresse des
deux sœurs et de leur mère : prosternées toutes les trois
aux pieds de l'honorable vieillard, elles le couvraient de
larmes de joie. Tous les assistants, partageant leur bonheur,
invoquaient le ciel pour la conservation des jours du maître
du château; et l'on vit, dans ce moment, le chien Fidèle
s'approcher de Lise et de Georgette, et se coucher à leurs
pieds avec un doux regard qui semblait leur dire que, lui
aussi, il voulait les récompenser d'avoir si bien rempli les
devoirs de l'hospitalité.

LA LEÇON MATERNELLE.

Si les enfants songeaient à tous les tourments, à toutes les privations qu'éprouvent leurs parents pour diriger leur première éducation, ils se livreraient à l'étude avec plus de zèle, et par cela même s'épargneraient bien des dégoûts, bien des ennuis. Le jardinier qui soigne un jeune arbrisseau destiné à devenir un arbre utile n'est contrarié dans ses soins que par quelques coups de vent qui nuisent momentanément à son ouvrage ; mais une tendre mère qui ose entreprendre d'instruire à la fois ses deux jeunes fils d'un caractère impétueux et d'une espièglerie indomptable, ne saurait employer trop d'adresse, de dévouement et de patience pour atteindre le but qu'elle s'est proposé.

J'éprouve donc un grand plaisir à décrire ici le moyen tout à la fois ingénieux et touchant qu'employa une jeune dame de mes parentes, pour dompter la pétulance et l'insubordination de ses deux enfants, dont l'aîné comptait déjà neuf ans, et le cadet huit environ. L'un et l'autre avaient la figure la plus expressive, une force physique remarquable, mais ils étaient d'une vivacité, d'un entêtement et d'une insouciance que n'avaient pu comprimer ni la tendresse qu'ils portaient à leur mère, ni la crainte même qu'essayait vainement de leur inspirer leur père, colonel de cavalerie. Frédéric, beau petit gaillard à la chevelure noire, savait à peine épeler ; et son frère, Arthur, faisait des contorsions

et des grimaces, aussitôt qu'on lui présentait un alphabet.
Cet étrange retard dans leur éducation n'eût point eu lieu,
sans doute, si leur père ne s'était pas souvent absenté de
Paris, pour remplir ses devoirs militaires; et la mère, femme
d'un esprit séduisant et d'un savoir remarquable, avait toujours été retenue, dans ses projets de première instruction,
par l'aïeule paternelle des deux charmants espiègles, qui
les aimait à l'idolâtrie, leurs folies charmant la fin de sa
carrière. La vieillesse et l'enfance aiment à se rapprocher :
l'une rajeunit près de l'autre, et celle-ci jouit du bonheur
qu'elle procure à la première, et surtout de l'empire qu'elle
exerce sur elle.

Déjà toutefois le colonel Darmincourt avait exprimé à ses
deux fils le mécontentement que lui faisait éprouver leur
ignorance. « A neuf ans, disait-il à Frédéric, ne pas savoir
lire? ignorer les premiers principes de sa langue, de l'histoire, de la géographie!... Et toi, maudit petit mauvais
sujet, disait-il ensuite au pétulant Arthur, passer tout ton
temps à jouer à la balle, à la corde, au cerceau; employer
tes matinées à préparer un cerf-volant, et tes soirées à le
lancer aux Champs-Élysées ou sur la butte Montmartre :...
— Bah! bah! lui répondait la vieille madame Darmincourt,
laissez-les s'amuser tant qu'ils sont jeunes : les occupations
et les soucis n'arrivent que trop tôt. A leur âge, mon fils, je
vous laissais vos coudées franches; à dix ans, vous n'étiez
encore que l'enfant de la nature; et vous voyez ce que
vous êtes devenu. — Oui, ma mère, mais c'est par un travail
forcé, par des efforts opiniâtres qui faillirent me coûter la
vie; et c'est ce que je prétends éviter à mes enfants. » A
ces mots, la vieille dame, qui n'aimait pas à être contredite,
murmurait, s'emportait, tant était grande sa tendresse pour
ses petits-enfants; et le colonel, qui portait à sa mère un
respect filial, une soumission sans bornes, s'éloignait et la

laissait gâter tout à son aise ses deux fils, qui redoublaient
alors pour leur aïeule de dévouement et de caresses.

Cependant l'étrange ignorance des deux frères finit par
être remarquée dans le monde, et les exposa à des humiliations qui blessèrent vivement l'amour-propre de leur mère.
Cent fois, dans les réunions des enfants de leur âge, ils
furent en butte aux plus mordantes plaisanteries sur leur
défaut de première instruction et, comme ils n'étaient pas
endurants, des plaisanteries on en venait aux gourmades,
dont plus d'une fois ils rapportèrent les traces à la maison
paternelle. Leur aïeule, altière et despote, criait alors à l'in-
sulte, et prétendait qu'il fallait en tirer vengeance; mais que
faire à de jeunes étourdis qui n'avaient fait que donner aux
fils du colonel la leçon qu'ils méritaient? Lui-même en faisait l'aveu, et prétendait que Frédéric et Arthur devaient
être privés de se mêler aux jeux de leurs petits camarades, tant qu'ils ne sauraient ni lire ni écrire.

Madame Darmincourt, dont le savoir égalait la raison, ne
put de son côté supporter plus longtemps la pénible pensée
de voir ses deux fils devenir, parmi les enfants de leur âge,
l'objet de querelles fréquentes qui pouvaient avoir de
fâcheux résultats. Elle conçut donc le projet, digne à la fois
d'une tendre mère et d'une femme d'esprit, de forcer Arthur
et Frédéric à se livrer d'eux-mêmes à l'étude, à connaître
les préliminaires d'une instruction indispensable. Elle s'entendit, pour réussir dans cette entreprise, avec son mari,
qui ne désirait pas moins qu'elle soustraire ses deux fils à
l'aveugle tendresse de leur aïeule, et les mettre à même
d'être admis aux institutions qui devaient les conduire à la
position sociale où les appelait leur naissance.

La veille du jour où il devait rejoindre son régiment, au
moment où Frédéric et Arthur venaient offrir à leurs parents
le salut du matin, ils trouvèrent leur mère assise sur son

ottomane, la figure cachée dans ses mains, et paraissant
accablée de douleur : le colonel, marchant à grands pas et
affectant une grande colère, prononçait avec énergie ces
mots effrayants : « Oui, Madame, je vous le dis pour la
dernière fois : si, dans trois mois, lorsque je reviendrai de
mon service, vos deux fils ne savent pas lire très-couram-
ment, je vous prive de leur présence, et les mets entre les
mains de maîtres qui les traiteront comme ils le méritent. »
A ces mots, il jette un regard plein de courroux sur les deux
espiègles, tremblants et stupéfaits de l'emportement de leur
père. C'était, en effet, la première fois que le colonel écla-
tait de la sorte et, pour soutenir le ton de sévérité mena-
çante qu'il avait pris, il sortit furtivement et partit le soir
même sans embrasser ses enfants.

Ceux-ci témoignèrent à leur mère la vive et profonde
impression qu'avaient produite sur eux les menaces du
colonel; madame Darmincourt n'attendait que cet aveu pour
exécuter le plan qu'elle avait formé; elle leur déclara que,
voulant éviter les humiliations qu'ils lui faisaient subir dans
le monde, elle avait pris la résolution de ne plus s'y montrer jusqu'à ce qu'ils fussent en état de lire couramment trois
grandes pages, prises au hasard dans tel livre qu'on choisi-
rait. « Je me condamne aux arrêts, ajoutait-elle avec
l'expression la plus touchante, pour me punir de ma faiblesse envers vous. Rien ne pourra me distraire de la solitude à laquelle je me voue, jusqu'à ce que vous puissiez
vous montrer en public sans me faire rougir... C'est à
vous seuls, Messieurs, qu'il appartient de faire cesser ou de
prolonger ma captivité. »

Frédéric et Arthur se regardaient l'un l'autre, en cher-
chant ce que chacun pensait d'une semblable résolution.
« Bah! disait l'aîné, maman dit cela pour nous effrayer. —
Ça c'est sûr, disait à son tour le cadet; mais quand une fois

elle a résolu quelque chose... — Bon! grand-maman ne
souffrira pas qu'elle s'emprisonne de la sorte, et saura bien
la forcer à paraître au salon, à faire les honneurs de la
table, quand nous aurons du monde à dîner. — Je pense
comme toi, frère : allons jouer à la balle, et ne songeons
qu'à nous divertir. »

Le lendemain, nos deux insubordonnés, au lieu de trouver leur mère occupée avec sa femme de chambre, de sa
toilette pour le soir, ne furent pas peu surpris de l'entendre
annoncer à ses gens qu'elle ne sortirait pas. Elle reçut le
bonjour accoutumé de ses enfants avec affection, mais en
les observant bien, et donna devant eux l'ordre qu'on lui
apportât à déjeuner dans son cabinet.

Elle se vêtit d'un simple peignoir de mousseline, releva
ses cheveux sous un réseau de gaze, et dit à ses deux fils
avec un sourire affectueux, et la plus grande sécurité :
« Vous, mes chers amis, vous déjeunerez avec votre
grand'maman; vous aurez pour elle tous les égards qu'elle
mérite; et si elle s'aperçoit de mon absence, vous lui ferez
part de la résolution que j'ai prise, et qui, je vous le répète,
est irrévocable. »

« Dis donc, Frédéric, cela devient sérieux, au moins. —
C'est une épreuve qu'elle veut faire sur nous; mais il faut
tenir ferme et ne pas céder. — Je ne demanderais pas
mieux; mais cette idée que notre mère garde pour nous
les arrêts... Oh! c'est bien dur à penser. — Et moi je le sou-
tiens qu'elle n'y restera pas vingt-quatre heures sans que
l'ennui s'empare d'elle. — Nous irons la voir tous les jours,
et plutôt dix fois qu'une! — Sans doute ; mais nous ne lui
parlerons de rien; il faut la voir venir : oh! moi, j'ai du
caractère. Pardine! je n'en manque pas non plus : cependant je t'avouerai que j'aime encore plus maman que je

n'ai de fierté. — Je ne l'aime pas moins que toi ; mais il faut savoir être homme. »

Telle fut la conversation des deux frères, en descendant au salon, où ils se livrèrent à leurs jeux accoutumés, jusqu'à ce que parut leur vénérable aïeule, qui leur prodigua les plus tendres caresses. « Eh bien ! mon Frédéric, avons-nous bien joué ce matin sous les beaux arbres du jardin des Tuileries ?..... Et toi, mon Arthur, avons-nous bien disputé le prix du ballon, du cerceau ? J'avais recommandé à mon vieux valet de chambre de vous acheter des gâteaux, du sucre d'orge, et de vous faire boire à chacun une bonne limonade... Ces chers enfants ! qui n'en raffolerait pas ; ils sont si gentils ! si charmants ! si dociles. Ce sont de vrais petits anges. » Et là-dessus la grand'maman les couvrait de mille baisers, en répétant avec un enthousiasme maternel : « Oui, oui, ce sont de vrais petits anges ! »

Un laquais annonce que le déjeuner est servi. L'aïeule, qui déjà s'est emparée de l'épaule de Frédéric et tient Arthur par la main, gagne avec eux la salle à manger où elle s'étonne de ne pas trouver leur mère. Les deux enfants alors lui font part de la détermination qu'elle avait prise ; et la bonne vieille, riant aux éclats, s'écrie : « Le tour est ingénieux, il faut en convenir ; mais je la connais, et ne lui donne pas deux jours sans la voir redescendre parmi nous. Demain justement il y a grande soirée chez le commandant de la place de Paris, intime ami de mon fils ; et bien certainement elle ne manquera pas d'y assister. — C'est ce que je disais à mon frère, ajoute Frédéric : tenons ferme, et nous la forcerons de céder. — Pour moi, réplique Arthur, je ne serais pas surpris que maman persistât à garder les arrêts. — Si l'on apprend cela dans le monde, reprend l'aïeule, on en rira beaucoup... mais je me charge de la faire revenir de cette folle idée, et d'attendre que le temps

de commencer votre éducation soit venu. — Mon frère a
neuf ans, moi j'en ai huit, bonne-maman! et pourtant nous
ne savons même pas lire. — Bah! bah! vous en saurez toujours assez, mes petits amis : tranquillisez-vous, je me
charge d'arranger tout cela. »

Le déjeuner fini, la vieille douairière monte à l'appartement de sa bru, qu'elle trouve seule dans son cabinet,
occupée à peindre des fleurs, son occupation chérie. Une
vive conversation s'engage entre elles : l'aïeule prend avec
chaleur le parti de ses petits-enfants, et soutient qu'il faut
laisser se développer leurs forces physiques, avant que de
les fatiguer par l'étude et de leur faire subir toutes les privations qu'elle impose. Madame Darmincourt combat sa
belle-mère avec toute la déférence qui lui est due. Elle soutient à son tour que lorsqu'on laisse de jeunes plantes trop
longtemps sans culture, elles se fanent et sont avortées,
même avant de rien produire. S'armant ensuite des paroles
expressives qu'avait proférées le colonel devant ses enfants,
la veille de son départ, elle déclara de nouveau qu'elle ne
quitterait sa retraite et ne reparaîtrait dans le monde que
lorsque ses deux fils seraient en état de s'y montrer sans la
faire rougir.

« Après tout, ajoutait madame Darmincourt, d'un ton
digne et prononcé, l'ignorance étrange où se trouvent mes
enfants et l'isolement où elle me condamne sont votre
ouvrage ; et permettez-moi de vous dire, avec tout le respect
que je vous porte, qu'il est pénible et cruel pour une mère
de famille, connaissant toute l'importance de ses devoirs,
d'être sans cesse arrêtée dans les efforts qu'elle fait pour les
remplir, par la crainte de déplaire à de grands parents qui
ne tiennent pas toujours compte des sacrifices qu'on leur
fait. Vous êtes si heureuse des espiègleries de vos petits-
fils, et vous répétez si souvent qu'ils vous rajeunissent, que

j'ai négligé jusqu'à ce jour de remplir les obligations d'une mère. Laissez-moi donc, je vous en supplie, réparer ma faute. Il en est temps : mon fils aîné devrait être en état d'entrer dans un lycée; et le cadet, entraîné par l'exemple et l'insubordination de son frère, ne connaît pas même ses lettres. Mais j'espère beaucoup de sa sensibilité naturelle et du tendre attachement qu'il me porte. Comblez-les de hochets, de friandises, chaque fois qu'ils vous rendent leurs devoirs; gâtez-les tout à votre aise, j'y consens; mais daignez me promettre de ne vous mêler en rien de l'épreuve que je vais tenter, de les laisser se livrer à toutes réflexions que ma conduite leur fera naître, de ne pas les autoriser à me résister... et je serais bien trompée si, d'ici à quelques mois, je ne leur faisais pas réparer le temps perdu, si je ne les rendais pas, en un mot, tout à fait dignes de votre tendresse. Vous les idolâtrez pour l'expression de leurs figures, pour la vivacité de leurs reparties; mais votre amour pour eux doublerait, ma chère belle-mère, si vous les voyez soumis sans contrainte, instruits sans prétention, caressants sans calcul et pourvus, par des lectures utiles, de ce qui forme à la fois et l'esprit et le cœur, fait aimer, rechercher dans le monde, et nous y entoure d'une considération que seules peuvent nous procurer une instruction véritable, une éducation suivie. »

L'aïeule ne put s'empêcher de reconnaître la vérité d'un pareil langage, et déclara qu'elle ne se mêlerait en rien de l'entreprise formée par sa bru. « Mais je suis sûre, ajouta-t-elle, que vous-même, ma chère, vous ne pourrez résister à renoncer pendant plusieurs mois aux attrait des cercles brillants dont vous faites l'ornement. Je ne vous donne pas quinze jours, sans que vous fassiez l'aveu qu'un pareil dévouement est au-dessus de vos forces, et qu'à votre âge, répandue comme vous l'êtes dans le grand monde, il n'est

10

pas possible de s'enterrer vivante. — Eh bien! je vous prouverai, je l'espère, de quels sacrifices peut-être capable une mère qui sent bien toute la dignité de son titre, et les devoirs que lui prescrit la nature.

Madame Darmincourt continua donc à se tenir dans la solitude, où ses deux enfants allaient chaque matin l'embrasser, mais auxquels jamais la tendre mère ne parlait de la résolution qu'elle avait prise. Elle était la première à leur dire d'aller se livrer aux jeux de leur âge, croquer les friandises que leur réservait leur grand'mère, et la bien divertir par leurs joyeuses espiègleries : ce qu'ils ne manquaient pas de faire ; et l'heureuse aïeule, s'imaginant l'emporter sur sa bru, redoublait de cajoleries pour ses petits-enfants et ne cessait de répéter : « La recluse n'y résistera pas ; et je gagerais que bientôt elle reconnaîtra sa romanesque extravagance. »

Cependant le bal avait eu lieu chez le commandant de la place de Paris, sans qu'on y vît paraître madame Darmincourt. Toutes les personnes qui se présentaient chez elle n'étaient reçues que par sa belle-mère s'égayant toujours à ses dépens, au point qu'on fut instruit, dans tous les cercles que fréquentait la femme du colonel, de l'étrange détermination qu'elle avait prise. Les uns la regardaient comme une singularité dont le principal motif était de se faire remarquer ; les autres prétendaient que c'était une idée noble, ingénieuse, un véritable héroïsme maternel. Enfin les gens plus sages, ou plus incrédules, disaient qu'il fallait attendre le résultat d'une semblable abnégation de soi-même, pour juger de l'influence qu'elle aurait sur les deux enfants.

Ceux-ci laissèrent quinze jours s'écouler, sans qu'ils parussent se ralentir de leurs jeux accoutumés. Ce qui surtout les maintenait dans leurs chères habitudes, c'était l'accueil gracieux que leur faisait leur mère, lorsqu'ils allaient la visiter. Jamais le moindre nuage sur son front, jamais le moindre reproche sur ses lèvres... Un soir cependant qu'elle était occupée à faire une lecture attachante, entre Arthur, l'air triste et la démarche incertaine. Il prend un tabouret, s'assied aux pieds de sa mère, et, la regardant, les yeux mouillés de pleurs, il lui dit du ton le plus expressif : « Voilà pourtant quinze grands jours que tu es prisonnière, tandis que mon frère et moi nous nous livrons à tous les plaisirs dont nous sommes entourés !... mais je n'y tiens plus ; et cette pensée que notre mère est captive, tandis que nous parcourons toutes les promenades, et qu'elle souffre lorsque nous nous amusons !... Oh ! cela me déchire et m'accable. Il faut absolument que cela finisse : et, dès demain, je prétends prendre une première leçon de lecture. Vois-tu cet alphabet que notre bonne gouvernante a bien voulu m'acheter sur mes semaines ? il ne me quittera pas que je ne sache lire tout couramment. » La mère, émue elle-même jusqu'aux larmes, prend son fils dans ses bras et le couvre de baisers, en s'écriant avec ivresse : « J'étais bien sûre que tu me reviendrais... Non, la nature ne perd jamais ses droits... Pourtant, je l'avouerai, j'ai trouvé la quinzaine un peu longue. » Et aussitôt la recluse s'empresse de donner la première leçon à son fils, qui ne cessait de répéter : « Oh ! maman, que c'est difficile ! je crains bien que tu ne restes longtemps prisonnière. — Ton aptitude et ta patience, cher enfant, abrégeront ma captivité. »

Le lendemain matin, Arthur retourna prendre sa seconde leçon, qui lui parut moins effrayante ; et comme il descendait de chez sa mère, son alphabet à la main, il rencontre Frédéric dans l'escalier qui lui dit : « Eh ! d'où viens-tu donc ? je t'ai cherché partout. — Je viens de chez maman prendre ma leçon de lecture. — Comment, sans m'en prévenir — Dame, tu répétais sans cesse : « Il faut tenir ferme... il faut la voir venir... » Moi, j'ai cru que c'était un fils qui devait aller au-devant de sa mère, et je suis allé me jeter dans les bras de la mienne. — Elle t'aura sans doute bien recommandé de m'amener avec toi ? — Elle ne m'a pas dit un mot de cela : elle est bonne, maman ; mais elle est fière, et je suis de son avis, ce n'est pas une mère à faire les avances. — C'est juste... ainsi me voilà, moi, délaissé, oublié, réduit à ne rien savoir, tandis que toi tu seras un docteur. — Il ne tient qu'à toi de le devenir à ton tour : achète un alphabet sur tes semaines, et viens avec moi chez notre prisonnière... Je puis bien la nommer de la sorte, puisqu'elle a promis de ne pas reparaître dans le monde que nous ne sachions lire. — Ainsi donc, s'écria Frédéric avec une expression remarquable, c'est moi seul qui prolongerais sa captivité !... Oh ! non, non, j'en serais trop honteux, trop repentant... c'est fini, je suis vaincu : dès ce soir je t'accompagne, et nous verrons qui de nous deux fera le plus de progrès pour faire cesser la réclusion de notre chère institutrice. »

Je ne dépeindrai pas quels furent le triomphe et la joie de madame Darmincourt, en voyant Frédéric accompagner son frère. Rien n'était à la fois plus curieux et plus intéressant que ces deux enfants disputant entre eux de zèle et d'intelligence pour vaincre les fastidieux éléments de la lecture. Mais au lieu de deux leçons par jour, ils en prirent jusqu'à six, et furent bientôt en état d'épeler. Oh ! combien l'intérêt qu'ils éprouvaient leur donnait de force et de courage pour surmonter les difficultés qu'ils avaient à vaincre ; mais aussi quelle jouissance éprouvait leur tendre mère, en les voyant quitter leurs jeux accoutumés, abréger même leurs promenades, pour revenir, haletants de joie, auprès de la prisonnière, qui trouvait alors sa captivité délicieuse et la

plus ravissante époque de sa vie! Chaque matin les deux
frères renouvelaient les fleurs les plus rares contenues dans
un vase placé sur la table où ils recevaient leur leçon; et
tandis que l'heureuse mère, un bras posé sur les épaules
d'Arthur, lui faisait lire *le Petit Poucet* ou *Cendrillon*, Frédéric, debout auprès d'eux s'habituait à parcourir *la Petite
Glaneuse* ou *le Petit Joueur de violon*. Avec quelle ivresse
l'excellente mère donnait alors sa leçon! Avec quelle ardeur
s'appliquaient les deux charmants enfants!

Au bout de trois mois, les deux frères, non-seulement
lisaient couramment, mais possédaient les premières notions
de ce qui compose une instruction véritable.

A cette époque, le colonel Darmincourt revint de son
régiment, et retrouva sa femme dans la même solitude où
elle avait promis de rester jusqu'à ce que ses deux fils
fussent en état de lire à livre ouvert. Elle convoqua donc,
dès le lendemain de l'arrivée de son mari, un grand nombre de leurs amis, propres à former un comité d'examen, et
fit paraître devant eux ses deux élèves, dont les manières
avaient déjà quelque chose de plus posé, et dont le langage
offrait des expressions mieux choisies, Frédéric parut le
premier dans la lice : on lui présente un grand in-8° qu'il
ouvre au hasard et dans lequel il lit, sans se tromper, deux
pages du *Télémaque* de Fénelon; il est couvert d'applaudissements.

Arthur ensuite s'avance; il lit avec non moins d'assu-
rance que son frère, et surtout avec une expression ravissante, le joli conte de madame d'Aulnoy, intitulé *Gracieuse
et Percinet*, pris au hasard dans son charmant recueil, et
qui prouve le charme que possède une tendre mère pour
instruire ses enfants tout en les amusant. Cet heureux à
propos fait redoubler l'assemblée d'applaudissements, qui
vont droit au cœur de madame Darmincourt. Elle prie alors

les examinateurs de ne pas se borner à la simple lecture, et
de faire à ses chers élèves des questions préliminaires sur la
Bible et l'Histoire de France. Ils y répondent avec une luci-
dité qui annonce une heureuse mémoire et une rare intelligence. Enfin il est reconnu par l'aréopage que Frédéric et
Arthur ont, en quelque sorte, réparé le temps perdu, et que
bientôt ils seront en état d'entrer au lycée. Le colonel ne
peut contenir toute sa joie, et pressant dans ses bras sa
femme et ses enfants, il avoue qu'il ne fût jamais plus heureux d'être époux et père.

La vieille madame Darmincourt, reconnaissant alors
toute la force d'âme et la noble persévérance de sa bru, ne
peut s'empêcher de lui adresser les plus honorables félicitations. Chacun, en un mot, reconnaît de quelle énergie, de
quelle admirable patience est capable une tendre mère
pour assurer le bonheur de ses enfants : et celle qui en
offrait la preuve, profitant de cette importante circonstance
pour donner aux grands parents un avis salutaire, dit à ses
deux fils qu'elle pressait sur son sein, en jetant un regard
expressif sur leur vénérable aïeule : « Ceux qui nous carres-
sent le plus ne sont pas toujours ceux qui nous aiment le
mieux... J'espère que vous n'oublierez jamais la leçon
maternelle. »

LE BATEAU A VAPEUR.

Il est de ces distances sociales qu'il nous faut souvent oublier, surtout lorsque le hasard se plaît à mettre à notre niveau ceux que nous regardons comme nos inférieurs. Au champ d'honneur et sous la mitraille, tout jeune conscrit, pauvre et d'une obscure naissance, est l'égal du fils de famille qui combat à ses côtés. Les jeunes aspirants de la marine, sur un vaisseau de ligne, ne se font distinguer que par leur bravoure et leur adresse à la manœuvre. Tous les élèves d'un lycée jouissent des mêmes prérogatives, et dans leurs jeux, comme dans leurs exercices scolastiques, ce sont les plus intelligents et les plus laborieux qui seuls occupent les premiers rangs. Mais c'est surtout dans les endroits publics, où chacun paye un prix égal, c'est à l'église où l'on prie, aux promenades publiques où l'on se presse, enfin c'est sur les bateaux à vapeur où nulle place n'est réservée, où tout voyageur essuie également les éclats de l'orage qui survient et les atteintes des flots agités, qu'on acquiert cette conviction que chaque être tient son coin sur la terre.

Une anecdote assez remarquable dont je fus le témoin, il y a quelques mois, sur le bateau à vapeur de Paris à Melun, prouvera la vérité de ce que j'avance, et pourra servir de leçon aux jeunes présomptueux qui s'imaginent que, partout où ils se trouvent, on doit rendre hommage soit au nom dont ils ont hérité de leurs ancêtres, soit à l'opulence qu'ont acquise leurs parents dans le commerce ou dans la banque.

J'étais parti de Paris par une belle matinée du mois d'août, dans une de ces embarcations nouvelles qui franchissent, même en remontant le cours du fleuve, de longues distances en peu de temps, et vous font parcourir les belles rives de la Seine avec une rapidité qui vous laisse à peine le loisir d'examiner les sites ravissants et les belles habitations qui passent devant vos yeux comme les figures d'une lanterne magique. Les vacances venaient de s'ouvrir dans les lycées de Paris; et plusieurs jeunes élèves, qui voguaient avec moi sur le fleuve, exprimaient par leur hilarité le bonheur qu'ils éprouvaient d'aller revoir le foyer paternel et tout ce qui devait leur rappeler les jeux de leur enfance. De mon côté, je prenais un grand plaisir à faire une étude particulière de ces jeunes lauréats; et bientôt reconnu par un des voyageurs, qui me nomma, j'eus l'inexprimable jouissance d'être salué par ces lycéens, comme un des auteurs dont ils aimaient à parcourir les écrits.

J'eus pour approbateurs tous les lycéens dont j'étais entouré, à l'exception d'un seul, que j'entendis nommer Alfred, petit-fils d'un pair de France, et l'unique enfant de la comtesse de Fierville, qui possédait une terre considérable dans les environs de Melun. Il avait quitté son uniforme du lycée pour endosser un élégant costume de fantaisie, sous lequel il se gourmait et semblait faire bande à part. Il était escorté d'un bon vieux valet de chambre, et ne se soumettait guère à cette égalité parfaite entre amis de collége. « Voilà, me dis-je en moi-même, un jeune présomptueux qui, tôt ou tard, se repentira de faire le grand seigneur... » Ma prédiction ne tarda pas à se réaliser. Un vent contraire,

assez violent, s'étant élevé tout à coup, la marche du
bateau fut ralentie au point qu'il faisait à peine une lieue et
demie par heure. Il fallait tuer le temps à quelque chose, et
l'on proposa de petits jeux. Après ceux qui exercent l'esprit,
l'imagination, et dans lesquels brilla le jeune Bertrand, fils
d'un tonnelier, on proposa la main chaude, et je fus prié de
servir de giron : ce que j'acceptai avec empressement.

Le brillant Alfred refusa de se mêler à ce jeu parmi ses
condisciples. « Pourquoi donc, lui dit l'un d'eux, refuses-tu
de prendre part à nos folies ? — Je gage, dit Bertrand, que
le comte de Fierville rougirait de me toucher la main. »
Alfred rougit et baissa les yeux.

Cette mordante plaisanterie, qui fit rire tous les assistants,
produisit son effet.

Le jeune comte éprouva ce jour-là même à quel point ce
lien fraternel peut influer sur notre existence, et reconnut
que l'amitié franche et dévouée est un des trésors les plus
précieux qu'on puisse trouver sur la terre. J'ai déjà dit
qu'un temps orageux avait obligé nos lycéens d'entrer dans
la salle intérieure du bateau retardé dans sa marche ; une
rencontre funeste, imprévue, avec un train de bois flotté,
brisa tout à coup une des ailes à ramer du *Parisien*, et le
fit sombrer sur le côté droit.

L'épouvante s'empara tout à coup des voyageurs : les cris
des femmes effrayées augmentaient encore la stupeur géné-
rale : enfin le capitaine lui-même s'écria, peut-être impru-
demment : « Sauve qui peut ! » A ces mots, le comte de
Fierville, pour qui l'avenir était si brillant et qui tenait plus
que tout autre à la vie, s'élance, égaré par la frayeur, au
milieu du fleuve, en appelant à son secours ; mais sa voix
est confondue avec celle des personnes entraînées, comme
lui, par le cours rapide des eaux sous lesquelles il disparaît
et reparaît tour à tour : Bertrand l'aperçoit, s'élance de

dessus le pont, et, nageant avec la vigueur et l'adresse
d'un enfant du peuple élevé sur les bords de la Seine, il
atteint son camarade épuisé par les vains efforts qu'il avait
faits, et presque sans connaissance, le saisit et l'amène sur
le rivage, en face du joli village de Saint-Port, où tous les
deux ils font sécher leurs vêtements et savourent, pressés
dans les bras l'un de l'autre, les doux élans de l'amitié :
« Sans toi j'étais mort, dit Alfred, et quelques efforts que je
fasse pour m'acquitter, je resterai toujours ton débiteur. —
Je te devrai bien plus, moi répond Bertrand, puisque, tant
que nous vivrons, je ne pourrai jeter un regard sur toi sans
tressaillir de joie : crois-moi, l'obligé n'est pas le plus
heureux. »

Ils furent bientôt rejoints par leurs camarades, à l'auberge
où ils s'étaient réfugiés. On conçoit les félicitations et les
serrements de main que reçut Bertrand : ce trait de dévoû-
ment le rendit plus cher encore à ses jeunes amis ; et chacun, parvenu le lendemain à sa destination sur un autre
bateau à vapeur, répandit dans tout l'arrondissement de
Melun le généreux dévouement du jeune Bertrand, dont le
père, ancien grenadier de la vieille garde, disait à qui voulait l'entendre :

— C'est bien ! c'est très-bien !... mon fils n'a fait que son
devoir.

La comtesse de Fierville, à qui son cher Alfred fit le récit
fidèle du danger qu'il avait couru et de l'héroïque secours
de son jeune camarade, voulut elle-même lui en témoigner
sa reconnaissance ; elle se rendit donc à Melun chez le tonnelier Bertrand, qu'elle félicita d'avoir un pareil fils, et
voulut remettre à ce dernier une bourse contenant un assez
grand nombre de napoléons. « Ce n'est point avec de l'or,
lui dit le jeune lycéen, que j'ai sauvé mon camarade, mais
avec mes bras, et ce n'est que dans les siens que je puis

trouver ma récompense. — Bien, Marcel! lui dit son père,
en lui serrant la main, c'est très-bien! »

La comtesse, convaincue qu'elle ne pourrait s'acquitter
avec de l'or, eut recours à de pressantes invitations qu'elle
fit au jeune Bertrand, de venir passer une partie de ses
vacances à sa terre, où il pourrait jouir des plaisirs de la
chasse, de la pêche, et trouver tous les amusements d'une
société nombreuse et choisie. « Du tout, du tout! répond le
père Bertrand : vous lui feriez accroire qu'il est un grand
personnage; et j'en ai besoin, moi, pour expédier mes
mémoires de l'année. Tout ce que je puis faire, Madame,
ajouta-t-il avec un malin sourire, c'est de vous le présenter
la première fois que j'irai mettre vos vins en bouteilles. »
La comtesse, femme d'esprit, sentit toute la portée de cette
plaisanterie, et se promit d'en profiter pour convaincre ces
dignes gens que, parmi les personnes de qualité, il en est
qui savent honorer toutes les professions utiles, et rendent
aux vertus personnelles l'hommage qui leur est dû.

Peu de temps après, en effet, le père Bertrand et son fils
se rendirent au château de la comtesse de Fierville. Marcel,
d'après les ordres de son père, avait pris, ainsi que lui, le
modeste costume de tonnelier, c'est-à-dire la veste et le
pantalon de velours de coton vert pâle, la casquette de
coutil et le tablier de cuir. Ils étaient curieux l'un et l'autre
de voir quel accueil on leur ferait. Dès qu'Alfred aperçut
son jeune camarade, il courut à sa rencontre, et lui prouva
tout le bonheur que lui faisait éprouver sa présence; il serra
très-cordialement la main du père, qu'il appelait monsieur
Bertrand, et les présenta tout de suite à sa mère, qui jugea
sans peine l'épreuve que voulait faire sur elle le malin tonnelier. Celui-ci fut touché, confondu de la gracieuse urbanité de la comtesse. Elle embrassa Marcel comme le sauveur
de son Alfred, et lui déclara que, partout où le hasard le lui

ferait rencontrer, il recevrait d'elle l'accolade de la reconnaissance. « Bien, se disait tout bas le père Bertrand, c'est
très-bien!... » Ils demandent à remplir les devoirs de leur
profession, et le plus ancien des serviteurs du château les
conduit dans les caves, où tous les deux ils mirent en bouteilles une pièce de vin. Marcel, qui depuis plusieurs années
avait perdu l'usage du métier, se frappait quelquefois sur
les doigts en enfonçant les bouchons; son vieux père ne
pouvait s'empêcher de sourire; mais, ravi de la respec-
tueuse obéissance de son fils, il répétait toujours entre ses
dents : « Bien!... c'est très-bien! »

Cependant l'horloge du château vient de sonner cinq
heures, et notre lycéen-tonnelier éprouvait une faim dévo-
rante; aussi fut-il agréablement surpris lorsque le même
valet de chambre qui les avait conduits dans les caves reparaît, une serviette sur le bras, en leur annonçant qu'ils sont
servis. Ils s'attendent à trouver dans un coin de l'office un
repas frugal qu'on leur a préparé. « Alfred n'aura pas voulu
nous faire manger avec ses gens, dit Marcel à son père; et
c'est une attention dont je lui sais gré. » Ils suivent donc le
vieux serviteur, qui leur fait traverser la salle à manger,
où ils remarquent un couvert mis pour douze ou quinze
personnes : ils ne savent ce que cela signifie; mais leur surprise est au comble lorsqu'ils entendent leur introducteur,
ouvrant la porte du grand salon, annoncer à haute voix :
« Messieurs Bertrand père et fils! » Ils se regardent tous les
deux avec stupéfaction, et s'imaginent d'abord qu'on veut
les mystifier; mais le jeune comte, accourant à leur rencontre, leur annonce que leur place est aux deux côtés de la
comtesse, dont il a reçu les ordres précis. « Tu suis trop
bien ceux de ton père, dit-il à Marcel en souriant, pour être
surpris que je n'obéisse pas de même à mon excellente
mère. — Bien ! c'est très-bien ! répète alors tout haut le père

Bertrand, mais vous nous accorderez au moins le temps de quitter nos tabliers de cuir. »

Ils s'empressent donc de les dégrafer, rajustent le mieux qu'ils le peuvent leur costume plébéien, et sont introduits par Alfred au milieu d'une douzaine de personnes notables du pays, parmi lesquelles se trouve le général D***, qui s'écrie à l'aspect du père Bertrand : « C'est toi, mon camarade! oh! que je suis aise de te revoir!... Je vous présente, ajoute-t-il aussitôt en lui serrant la main, un vieux grognard de la garde impériale, qui m'a sauvé la vie. — En ce cas, s'écrie à son tour Alfred avec ivresse, nous ferons partie carrée; car si vous devez la vie au père, je la dois de même à son fils. » Cette double rencontre produisit l'intérêt le plus vif parmi les assistants, et le diner fut d'une gaieté ravissante. Le père Bertrand, placé à droite de la comtesse, s'y tint, quoique sous son costume d'homme du peuple, avec cet aplomb, avec cette dignité d'un ancien brave. Marcel, sous le sien, fit briller la vivacité de son esprit, la richesse de son imagination.

« J'espère, dit la comtesse, que le camarade d'Alfred, malgré la rédaction des nombreux mémoires de son père, viendra passer une semaine entière au château. — C'est bien long, répond brusquement le vieux grognard. — J'ai besoin de tout ce temps-là, répond madame Fierville, pour exécuter un projet que j'ai formé. Depuis quinze ans je cultive la peinture avec quelque succès, et je vous demande la permission de faire le portrait de votre cher Marcel, que je prétends placer dans ma galerie, et sur lequel il me sera doux d'arrêter souvent mes regards. J'offre en échange à votre fils le portrait d'Alfred, sur lequel il ne pourra lui-même jeter les yeux sans éprouver un honorable souvenir. — C'est dit, réplique vivement le père Bertrand ; dimanche matin je vous le ramène. »

Le jour convenu, Bertrand et son fils se rendent en effet auprès de la comtesse ; mais le costume de tonnelier avait été remplacé par un uniforme de l'ancienne garde que portait le père, et Marcel avait repris son costume de lycéen. « Puisqu'on nous a reçus, disaient-ils, aussi gracieusement sous la veste de bure, il faut prouver que nous savons respecter les convenances. Quand les grands daignent nous traiter comme leurs égaux, c'est alors qu'il est de notre devoir de les remettre à leur rang. » La comtesse et son fils ne purent s'empêcher de faire sentir à leurs deux invités qu'ils étaient sensibles à leur déférence. Le dîner fut encore plus gai, plus expansif que le premier ; et, dès le lendemain, Marcel posa pour son portrait, que la comtesse fit d'une ressemblance frappante et au bas duquel elle fit écrire ces mots : *Il a sauvé mon fils !* Peu de temps après, le père Bertrand reçut une copie de ce beau portrait avec un billet ainsi conçu : « Vous ne m'avez laissé que ce seul moyen de vous prouver ma reconnaissance. » Mais ce qui surtout mouilla les yeux du vieux grognard, ce fut cette inscription que la comtesse avait fait tracer au bas du cadre : *il illustrera son nom...* Cette prédiction s'est accomplie : j'ai su par des renseignements que j'ai pris au lycée où Marcel a terminé ses études, qu'après y avoir mérité le prix d'honneur, le ministre de l'instruction publique l'avait honorablement placé dans le monde savant, où sa célébrité s'accroît de jour en jour. Le jeune comte de Fierville est plus que jamais fier de le nommer son ami, et se fait remarquer de son côté par cette urbanité franche qui soumet tous les cœurs. Je les ai rencontrés tous les deux il y a peu de temps, et nous avons eu grand plaisir à récapituler ensemble tout ce qu'avait produit d'heureux notre rencontre sur le bateau à vapeur.

FIN.

TABLE

—

LES PETITS COLLIBERTS.

AUGUSTE.

FIN DE LA TABLE.

Limoges. — Imp. E. ARDANT et Cⁱᵉ